YOUNG AGENTS

ANDREAS SCHLÜTER

YOUNG AGENTS

Der zweite Fall – In gefährlicher Mission

BAND 2

EDEL KIDS BOOKS

Young Agents
In gefährlicher Mission
Band 2
ISBN 978-3-96129-144-1

Edel Kids Books
Ein Verlag der Edel Germany GmbH

Neumühlen 17, 22763 Hamburg
www.edel.com

1. Auflage 2020

Text: Andreas Schlüter
Lektorat: Nina Schnackenbeck
Coverillustration: Max Meinzold
Umschlaggestaltung: Antje Warnecke, www.nordendesign.de
unter Verwendung von Illustration und Gestaltung von
© Max Meinzold
Layout und Satz: Uhl + Massopust, Aalen
Herstellung: Frank Jansen
Druck und Bindung: GGP Media GmbH, Pößneck

INHALT

PROBLEME ZU HAUSE

Wo bin ich? Das Zimmer, in dem ich aufwache, ist mir fremd. Sofort läuten in mir sämtliche antrainierten Alarmglocken. Automatisch scanne ich den Raum mit meinen Augen nach Fluchtmöglichkeiten ab (das Fenster ist nicht zu öffnen, ich befinde mich in einer oberen Etage, also kann ich mich höchstens hinter der Tür verstecken, dann raus), ebenso nach Gegenständen, die ich als Waffen zu meiner Verteidigung verwenden könnte (Glaswasserflasche auf dem Schreibtisch, langer Schuhanzieher aus Metall am Garderobenhaken neben dem Schrank).

Erst nach diesem Check, der innerhalb weniger Sekunden abläuft, besinne ich mich.

Ich habe lange und tief geschlafen. Das habe ich schon ewig nicht mehr. Deshalb hat es ein wenig gedauert, ehe ich mich erinnere: Ich befinde mich in einem Hotelzimmer in Paris, außerhalb akuter Gefahr. Zimmerkategorie: vier Sterne. Nicht übel. Allemal besser als die Gästezimmer des Geheimdienstes oder die Jugendherbergen, die ich noch blöder finde, in denen wir sonst untergebracht werden – in Berlin, London oder Paris. Projekt »Milestone«. Ein streng geheimes Programm des europäischen Geheimdienstes zur Ausbildung speziell ausgesuchter Kinder zu Geheimagenten. Herausgekommen sind eine Handvoll YOUNG AGENTS, keiner älter als 15, verteilt über ganz Europa, die je nach Anlass und Aufgabe in Teams zusammengestellt und in den Einsatz geschickt werden. In unserem Fall sind das Naomi aus Paris, Charles aus London und ich, Billy (Agentenname Liam), aus Hamburg.

Gestern Nacht haben wir unseren Einsatz abgeschlossen mit einem – wie ich finde – recht ordentlichen Teilerfolg: Wir haben ein großes, internationales, illegales und gefährliches Waffengeschäft verhindert. Allerdings sind uns die Drahtzieher durch die Lappen gegangen: der Boss und sein Komplize, Shionas Vater Thorsten Maffei.

Ach ja, Shiona! Ein aufgeregtes, aufgetakeltes Girlie, das mit ihrer besten Freundin Kati eine Popband gegründet hat, zu der wir – also Naomi, Charles und ich – hinzugestoßen sind. Natürlich ahnt sie nicht, weshalb wir wirklich bei ihr mitmachen: um als Agenten an ihren Vater heranzukommen, einen der übelsten Schwerverbrecher Europas, und um möglichst gleich den Chef aller Gangsterbosse ebenfalls zu überführen. Den Boss, dessen Namen noch immer keiner kennt.

Ich schaue auf die Uhr. Erst acht! Und ich bin ausgeschlafen? Auch gut. Zum Glück bin ich gestern sehr früh ins Bett gegangen. So habe ich wenigstens genügend Zeit, mich frisch zu machen, gemütlich zu frühstücken und dann … Nein, leider noch nicht nach Hause zu fliegen. Unser Auftrag ist nämlich noch nicht abgeschlossen. Erst müssen wir die beiden Gangster schnappen. Statt Freizeit und anschließendem Flug nach Hause, haben wir gleich noch ein Treffen mit Shiona vor uns. Für ein angebliches Zeitungsinterview, das in Wahrheit gar keines ist.

Um Shiona hierher ins Hotel zu locken, hatten wir ihr gestern die Notlüge aufgetischt, dass uns angeblich heute Morgen der Redakteur einer wichtigen Musikzeitschrift treffen und interviewen wolle. Denn um zu uns kommen und das Interview wahrnehmen zu können, musste sie ihren Vater um Hilfe bitten: Er sollte ein Zimmer für »die Band«, also uns, buchen und veranlassen, dass Shiona von der Yacht abgeholt und zum Hotel chauffiert wurde. Genug familiäre Aufgaben, um Shionas Vater so lange abzulenken und zu beschäftigen, bis die Polizei vor Ort sein konnte, um das Waffenlager zu stürmen und die Drahtzieher festzunehmen.

Unser Plan ging auf. Zunächst. Doch als die Polizei zur Razzia anrückte, waren Shionas Vater und der Boss plötzlich auf wundersame Weise verschwunden. Minuten zuvor hatten sie sich noch auf dem Fabrikgelände aufgehalten. Ich habe sie selbst gesehen. Dann aus den Augen verloren. Und weg waren sie! Total irre!

Immerhin hatte Thorsten Maffei seiner Tochter den Gefallen getan, das Hotelzimmer für Shiona und uns gebucht und dafür gesorgt, dass sie ins Hotel gefahren wurde.

Und genau darum bin ich also in einem Vier-Sterne-Hotel aufgewacht, das einer der größten Gangster Europas für mich gebucht hat, während er mir gleichzeitig entwischt ist. Verrückt!

Okay, da sind wir also. Shiona sitzt vermutlich schon übernervös unten im Foyer und wartet auf einen Redakteur, den es in Wahrheit gar nicht gibt. Die Pariser Geheimdienstzentrale wird jemanden schicken, der sich als Redakteur ausgibt und uns »interviewen« wird.

In Wirklichkeit aber geht es uns einzig darum, über Shiona herauszubekommen, wohin ihr Vater abgehauen ist und wo er sich gerade aufhält.

Dieses »Interview« ist um zehn Uhr, eine Stunde früher treffen wir uns mit Shiona. Also raus aus dem gemütlichen King-Size-Bett, ab ins Bad. Ich will schließlich noch viersternefrühstücken.

Noch auf dem Weg zum Klo piept mein Smartphone. Soll ich nachsehen? Nein, erst mal pinkeln. Dann Zähne putzen, dann duschen, dann … Ich sehe nach.

Und bereue es sofort. Eine Nachricht meiner Eltern:

Billy, wo steckst du?
Wir haben ein Problem und brauchen deine Hilfe.
Dringend.
Melde dich.

Oh nein! Was ist denn bei denen schon wieder los?

Meine Eltern wissen zwar, dass ich YOUNG AGENT bin. Aber nicht das kleinste Detail über meine Einsätze. Deshalb rufen sie auch nie an, sondern melden sich – wenn überhaupt – immer nur per verschlüsselter Textnachricht.

Bevor ich antworte und mir erklären lasse, was los ist, mache ich mir lieber erst mal selbst ein Bild. Meine Eltern neigen nämlich dazu, einerseits maßlos zu übertreiben, andererseits stets das Wesentliche wegzulassen. Stattdessen lassen sie sich stundenlang über belanglose Kleinigkeiten aus.

Als YOUNG AGENT habe ich natürlich auch unsere eigene Wohnung restlos verkabelt. Genau für Fälle wie diesen, wenn zu Hause irgendetwas Blödes, Unvorhergesehenes passiert.

Ich schaue mir per Smartphone also die Webcamübertragung aus unserer Wohnung an: Im Wohnzimmer sitzen meine Eltern. Vor ihnen steht ein fremder Mann mit einer Aktentasche unter dem Arm. In den Händen hält er einen Stift und ein Klemmbrett und macht sich Notizen.

Wer ist das? Was will der?

Das ist übrigens der Grund, weshalb meine Eltern so gut wie nichts über meine Agententätigkeit wissen. Die Gefahr wäre zu groß, dass sie – auch unwissentlich – irgendwelche Geheiminformationen ausplappern. Meine Eltern, das muss ich eingestehen, sind zwar äußerst lieb und herzlich, aber leider nicht besonders klug.

Ihr Hilferuf ist ganz aktuell. Das Problem steht noch in der Wohnung. Auch das ist typisch für sie. Sie erkennen meist erst, dass sie in Schwierigkeiten stecken, wenn es längst zu spät ist.

Ich zoome ran und sehe, wie der fremde Mann etwas aus seiner Aktentasche zuppelt. Dann geht er zum 75-Zoll-Flatscreen-Fernseher meiner Eltern und klebt etwas daran. Was ist denn mit dem los? Der kann doch nicht einfach einen Sticker auf den Fernseher meiner Eltern pappen!

Ich zoome noch weiter an den Sticker ran – und da wird mir sonnenklar, wer der Typ ist: ein Gerichtsvollzieher. Und er ist gerade dabei, Dinge meiner Eltern zu pfänden!

Oh Scheiße! Die Mietschulden! Die hatte ich ganz vergessen! Der Geheimdienst bezahlt unsere Wohnungsmiete, indem er meinen Eltern das Geld überweist. Über eine Tarnadresse, selbstverständlich: »Onkel Thomas aus Washington, USA«. Meine Eltern haben das leider irgendwie missverstanden beziehungsweise ganz wörtlich genommen (obwohl es gar keinen Onkel in den USA gibt!) und das Geld anderweitig ausgegeben. Seit drei Jahren! So lange sind sie nun im Mietrückstand. Vor Kurzem hab ich gerade noch verhindern können, dass wir aus der Wohnung fliegen. Aber bezahlt werden muss die Miete natürlich trotzdem. Ich wollte mich drum kümmern – und hab's vergessen. Mist! Mist! Mist!

»Hey! Was ist? Bist du soweit?« Naomis Stimme dringt vom Hotelflur durch die Tür ins Zimmer. Sie klopft gleichzeitig an die Tür.

Nur in Unterhose und T-Shirt blinzle ich durch den Türspalt und sage zerknirscht: »Mir geht's irgendwie nicht so gut. Könnt ihr das Interview bitte ohne mich machen?«

»Was?«, fragte Naomi erstaunt. »Wieso? Was ist mit dir los?«

Ich will gerade loslegen, ihr etwas vorzuflunkern von wegen Magen verdorben oder so. Aber obwohl ich als ausgebildeter Agent hervorragend lügen und täuschen kann und ich wirklich gut darin bin, mir aus dem Stegreif irgendwelche Geschichten auszudenken, weiß ich genau: Naomi kann ich nichts vormachen. Noch von der Agentenakademie her kennen wir uns zu gut, als dass sie nicht sofort bemerken würde, dass ich sie belüge.

»Also schön«, gebe ich gleich wieder auf. »Ich kann nicht. Ich muss etwas erledigen.«

Naomi kräuselt die Stirn. »Spinnst du? Wir müssen …«

Sie bricht ab, schaut sich zu allen Seiten um und fährt im Flüsterton fort: »Du weißt genau, worum es geht.«

»Na klar weiß ich das!« Weit können Shionas Vater und der Boss nicht sein. Wir müssen dranbleiben. Trotzdem: Ich kann nicht. Die Zentrale darf niemals etwas von den Mietschulden erfahren, aber Naomi kann ich es sagen. Ich halte ihr mein Smartphone vor die Nase.

»Wer ist das?«, fragt sie.

»Gerichtsvollzieher. Bei uns zu Hause! Ich muss das regeln. Sofort!«

»Merde!«, flucht Naomi.

Ich nicke. Da hat sie so was von recht.

Naomi überlegt einen kurzen Moment, dann flüstert sie mir zu: »Aber krankmelden können wir dich nicht. Dann schickt die Zentrale sofort einen Arzt. Was hast du denn vor? Wo willst du hin?«

Ich schüttle den Kopf. »Das kann ich dir wirklich nicht sagen.«

»Okay!« Naomi zeigt Verständnis. »Dann sage ich, du verfolgst eine andere heiße Spur. Mehr müssen die erst mal nicht wissen.«

»Alles klar«, antworte ich. »Danke! Und was erzählst du Shiona?«

»Der erzähle ich, du bist am Kotzen. Fischvergiftung oder so.«

»Gut. Noch mal danke!«

Ich schließe wieder die Tür. Und muss immer noch pinkeln. Die Blase drückt. Aber zuvor tippe ich noch ein paar Tasten auf meinem Smartphone.

Als Erstes aktiviere ich mit einem speziellen Code die Geheimdienstfunktionen auf meinem Gerät. Dann öffne ich die Karte, auf der alle von mir versteckten GPS-Chips angezeigt werden. Der, den ich suche, blinkt grün. Volltreffer! Er ist noch – oder wieder? – in der Nähe. Es ist der Chip im Geldkoffer. Der Koffer, mit dem Shionas Vater den Transport der illegalen Waffen von Hamburg nach Paris per Schiff bezahlt hat. Genau diese Waffen haben wir gefunden und beschlagnahmt. Genauso wie der Boss und Shionas Vater war auch der Geldkoffer plötzlich von der Bildfläche verschwunden. Jetzt blinkt er also wieder. Wahrscheinlich war er in einem Safe untergebracht, der den GPS-Sender blockierte. Wird er gerade weitertransportiert, oder nimmt jemand das Geld sogar an sich? Eine Million Euro!

Ich muss mich beeilen, wenn ich davon etwas abbekommen will. Etwas mehr als vierzigtausend Euro brauche ich. Das wird im ersten Moment gar nicht auffallen. Ich hätte mir das Geld nehmen sollen, als ich den Sender im Koffer versteckt habe. Aber ich bin eben kein Dieb.

Das hier ist jedoch ein Notfall. Ich sehe keine Chance, die Mietschulden meiner Eltern anderweitig so schnell aufzutreiben. Außerdem wurde das Geld illegal beschafft, da schadet es doch nicht, die Gangster ein wenig um ihre Beute zu erleichtern. Was soll's also? Ich schnapp mir das Geld. Nur die Zentrale darf davon niemals erfahren.

Wieder ein Blick auf die Karte: Wer immer den Koffer gerade hat, ich weiß, wo er sich in diesem Moment befindet. Endlich kann ich ins Bad und pinkeln.

Das Frühstück, auf das ich mich doch so gefreut hatte, muss ich sausen lassen. So ein Mist! Ich liebe es, im Hotel zu frühstücken. Leider habe ich nur selten Gelegenheit dazu, denn anders als erwachsene Agenten kann man uns YOUNG AGENTS nicht so einfach ohne Eltern oder Begleitung anderer Erziehungsberechtigter in einem Spitzenhotel unterbringen. Das würde sofort unangenehme Fragen aufwerfen. Da wohne ich endlich mal in einem guten Hotel, und schon wird es nichts mit meinem »reichhaltigen Frühstück«, wie ein Werbeaufkleber im Fahrstuhl verspricht. Rührei, Crêpes, Cornflakes, frische Brötchen, Nuss-Nougat-Creme zum Abwinken … Ich darf gar nicht dran denken. Es nützt nichts, ich muss los, wenn ich mir das Geld nicht entgehen lassen will. Denn der Koffer bewegt sich, wie ich an dem blinkenden, kleinen grünen Punkt auf meiner Karte erkennen kann, weg vom Schiff, Richtung … Ja, wohin? Direkt nach Paris? Das wäre zu weit. Über eine Stunde Fahrtzeit. Wird der Koffer im Hafenviertel bleiben? Der momentane Inhaber des Koffers wird das Geld doch wohl nicht zur Bank bringen? Schließlich ist es Schwarzgeld. Das zahlt man nicht bei einer Bank ein.

Vor dem Hotel orientiere ich mich, um dem Signal zu folgen. Im Moment muss ich dazu sogar gar nicht viel tun, denn der Koffer kommt offenbar auf mich zu. Und zwar auf der Straße Quai George V. Da die in meine Richtung eine Einbahnstraße ist, kann der Träger des Koffers nicht mit dem Auto unterwegs sein. Vielleicht mit dem Fahrrad? Dafür bewegt sich der grüne Blinkepunkt jedoch auffällig langsam mit einer Geschwindigkeit von nicht mal fünf Stundenkilometern. Der geht zu Fuß! Dann kann auch ich zu Fuß gehen.

Ich warte noch. Vielleicht will der Kofferträger ins Hotel? Hält sich der Empfänger etwa genau hier auf? Wird das Bestechungsgeld für den illegalen Transport gleich an jemanden weiterübergeben? Ich halte das für die wahrscheinlichste Möglichkeit. Immerhin haben sich gestern einige »Geschäftsfreunde« des illegalen Waffenhandels hier im Hotel getroffen. Und um ein Haar wären wir von ihnen erwischt worden …

Genau genommen bräuchte ich einfach nur hier unten im Foyer sitzenzubleiben und abzuwarten, bis die Person mit dem Koffer eintrifft. Doch das ist mir zu gefährlich. Der Kofferträger kennt mich vermutlich gar nicht, aber hier ist das Risiko zu hoch, dass mir Shiona über den Weg läuft und sie unwissentlich alles vermasselt. Es wundert mich ohnehin, dass sie nicht schon längst im

Foyer ist und alle verrückt macht. Umso besser für mich, dass sie nicht da ist. Aber sie wird bestimmt nicht lange auf sich warten lassen. Lieber verlasse ich schnell das Hotel, verstecke mich hinter der nächsten Straßenecke und behalte den Eingang im Auge. Es wird nicht so einfach sein, den Kofferträger zu identifizieren, wenn ich ihm vorher nicht schon mal begegnet bin. Denn Männer mit Aktenkoffern sind hier im Hotel nicht gerade selten. Da nützt mir selbst der GPS-Chip nichts, wenn zwei oder drei von denen mit ihren immer gleichen Koffern nebeneinanderstehen.

Doch halt! Der Punkt bewegt sich nicht mehr. Was ist passiert? Eine rote Fußgängerampel? Ich ziehe mit zwei Fingern die Karte auf dem Display größer, damit sie mir mehr Details anzeigt. Zum Beispiel die Caisse d'Epargne Le Havre les Halles. Eine Bank, klein nur, nicht größer als eine gewöhnliche Dorfsparkasse, aber eine Bank.

Also doch? Das ist ja irre, eine Million Euro Schwarzgeld auf ein Konto einzuzahlen! Das… Moment mal. Aber natürlich! Wer spricht denn von Einzahlen? Deponieren wird er es. In einem Bankschließfach. Da fragt kein Mensch nach dem Inhalt eines Aktenkoffers. Da guckt nicht mal einer zu. Kann man in einem normalen Schließfach denn mal eben so eine Million Euro verstauen? Mir kommen die viel kleiner vor. Vielleicht täusche ich mich. Der Punkt auf meiner Karte sagt mir jedenfalls: Die Person mit dem Koffer hat die Bank betreten.

Und ich stehe hier blöd neben dem Hotel rum und warte darauf, dass mir die Beute wie ein gebratenes Hähnchen im Schlaraffenland direkt in den Mund fliegt. Ich muss dorthin. Sofort renne ich los. Es sind anderthalb Kilometer, gerade Strecke. Dafür brauche ich, wenn ich gut durchkomme, rund sechs Minuten. Im normalen Fußgängerverkehr sicher länger. Aber mit etwas Glück komme ich rechtzeitig an. Ich rase den Bürgersteig entlang, vorbei an einem älteren Mann mit Rollator, kann gerade noch einem Kinderwagen ausweichen, stoße mit dem Knie schmerzhaft gegen einen Einkaufskorb und erreiche nach siebeneinhalb Minuten endlich die Bank, husche hinein und – was jetzt?

Ich bin stark außer Atem, muss erst mal verschnaufen, sehe mich dabei um und entdecke einen Mann mit Aktenkoffer. Es ist der Kapitän des Frachters, der die Waffencontainer verschifft hat. War ja klar!

Ein Bankangestellter mit einem Schlüssel winkt den Kapitän gerade mit sich. Beide gehen eine Treppe hinunter. Klare Sache, die gehen zu den Schließfächern. Nix wie hinterher!

Das ist natürlich ein Risiko. Eigentlich. Ein Erwachsener, der zwei anderen auf dem Weg zu den Schließfächern folgen würde, ohne sich vorher anzumelden, riefe sofort Argwohn hervor. Aber ich bin ein Kind. Zumindest in den Augen der Erwachsenen. Niemand achtet auf mich. Und selbst wenn, kann ich sagen, ich sei mit meinem Vater hier. Jeder würde mir glauben. Aber es fragt niemand. Die Leute gehen automatisch immer davon aus, dass ein Kind zu irgendeinem der anwesenden Erwachsenen gehört, und kümmern sich nicht weiter drum. So auch der Kapitän und der Bankangestellte. Sie drehen sich nicht mal zu mir um.

Jetzt hoffe ich nur, dass es hier unten… Bingo! Wir gehen einen Flur entlang. Die letzte Tür auf der linken Seite führt zu den Schließfächern. Davor gehen zwei weitere Türen ab, eine zur Damentoilette, die andere zum Männerklo. Eine gute Rückzugsmöglichkeit.

Ich verfolge die beiden weiter. Als sie den Raum mit den Schließfächern betreten, bleibe ich im Flur stehen und linse um die Ecke. Ich muss sehen, welches Schließfach der Kapitän hat. Doch die beiden verdecken mir mit ihren Rücken leider die Sicht darauf. Immerhin sehe ich, dass der Kapitän den gesamten Koffer ins Fach stellt, statt nur die Geldscheine herauszuholen. Ist ja klar, der Bankangestellte steht direkt neben ihm. Damit fallen die Fächer in den oberen Reihen schon mal aus, denn sie sind zu klein. Ich habe genug gesehen und verdünnisiere mich.

Ich renne in die Damentoilette, denn in die werden die beiden bestimmt nicht gehen. Hier warte ich ab und lausche.

Endlich höre ich Schritte, eindeutig von zwei Personen. Sie gehen wieder hinauf. Ein wenig warte ich noch ab. Dann schleiche ich von meinem Versteck aus in den Schließfachraum.

Zwei große Fächer in der unteren Reihe kommen infrage. Ich entscheide mich für das rechte Schließfach. Die Fächer haben Sicherheitsschlösser, aber besonders sicher sind die nicht, jedenfalls nicht für einen Profi. Das Öffnen von Schlössern haben wir in der Agentenakademie ausführlich durchgenommen. Es stellt für mich kein großes Problem dar. Die Kunst liegt in diesem Fall darin, es so zu knacken, dass ich es hinterher wieder sauber verschließen kann. Aber auch darin bin ich geschult.

Innerhalb von einer halben Minute habe ich die Tür geöffnet. Ich streife mir Gummihandschuhe über, um keine Spuren zu hinterlassen. Immerhin war ich selbst es, der die Scheine mit UV-Pulver markiert hat, um den zu überführen, der das Geld in Händen gehalten hat. Ich nehme mir geschätzt vierzigtausend Euro aus dem Koffer, verstaue sie in einer Plastiktüte, die ich mir unter das Shirt schiebe, schließe den Koffer wieder, schiebe ihn zurück ins Fach, verriegele die Tür und weg.

Und weg?

Geht nicht. Ich höre wieder Schritte. Und Stimmen.

Scheiße, da sind wieder zwei Personen auf den Weg hierher!

Bis zur Damentoilette schaffe ich es nicht mehr, dann lauf ich ihnen auf dem Flur direkt in die Arme. Hier drinnen aber gibt es keine Versteckmöglichkeit.

Verdammt!

Die Ausrede mit meinem Vater dürfte hier unten in diesem leeren Raum nicht sehr glaubhaft sein.

Was jetzt?

Kurz darauf betreten die zwei Personen tatsächlich den Raum.

Ich sehe sie – von oben!

Denn ich klebe sozusagen direkt über der Tür an der Wand.

Nein, ich bin nicht Spider-Man. Aber ich besitze sehr praktische Handschuhe, die ich in der Seitentasche meines Rucksacks immer parat habe. Sie gehören neuerdings zur YOUNG AGENTS-Standardausrüstung und haben tatsächlich in etwa denselben Effekt wie die Superkraft von Spider-Man. Man kann damit nämlich Wände hochklettern. Nur nennen wir es nicht »Superkraft« oder »spezielle Fähigkeit« wie bei den Comicfiguren, sondern »Bionik«.

Bionik bedeutet, die Wissenschaft guckt sich etwas in der Natur ab und versucht es nachzubauen, um es für uns Menschen nutzbar zu machen. Wasser- und schmutzabweisende Wandfarbe zum Beispiel haben wir von der Lotuspflanze abgeguckt, weil ihre Blätter Wasser einfach abperlen lassen, das dabei jedes Staubkorn mitnimmt. Darum nennt man das auch »Lotuseffekt«. Vor einigen Jahren hat man es außerdem geschafft, so etwas wie künstliche Spinnenfäden herzustellen, also ein extrem dünnes, leichtes und dennoch äußerst reißfestes Seil, das wir zum Klettern auch in unseren Agentengürteln tragen.

Die Forschungsabteilung des Geheimdienstes hat nun brandneu für uns YOUNG AGENTS nach dem Bionikprinzip eben diese Handschuhe entworfen, die den Füßen von Geckos nachempfunden sind. Unsere Forscher nennen sie deshalb einfach nur »Geckis«. Es gibt sie auch als Überzieher für die Schuhe. Sie sind mit einer Struktur aus Milliarden feinster Härchen aus Keratin versehen, die mich an der Wand halten. Jedes einzelne Härchen ist dünner als ein Zehntel eines menschlichen Haars. Ein Wunder der Natur und der Wissenschaft. Diese Handschuhe funktionieren übrigens nur bei uns Kinderagenten, weil wir leicht genug sind. Erwachsene sind schlicht zu schwer für diese Technik.

Mein Problem im Moment: Damit man vernünftig an der Wand klebt, benötigt man vier Geckis, also Auflageflächen: zwei Handschuhe und zwei Überzieher für die Schuhe. Ich habe aber nur die Handschuhe, weil die Überzieher für die Schuhe noch in der Entwicklung sind. Wir durften sie während der Ausbildung nur mal als Prototypen tragen. Na toll! Ich kann darum jetzt nur für kurze Zeit an der Wand hängen und auch nicht cool an ihr entlanglaufen.

Ich klebe, äh, hänge also an der Wand über der Tür und kann die beiden von oben beobachten. Es sind –

der Kapitän und der Bankangestellte! Offenbar hat der Kapitän etwas vergessen. Hoffentlich schauen sie nicht nach oben. Wobei: Um mich zu entdecken, würde es vermutlich schon reichen, sich einfach umzudrehen.

Ich muss hier weg. Der Kapitän zieht jetzt einige zusammengefaltete Zettel aus seiner Jackentasche und legt sie mit ins Fach. Den Koffer öffnet er dafür nicht. Er legt die Papiere einfach auf den Boden des Schießfachs und stellt den Koffer darauf.

Das ist mein Moment!

Gleich werden die beiden sich umdrehen.

Bis dahin muss ich weg sein!

Ich löse mich von der Wand, lasse mich zu Boden fallen, lande butterweich auf den Füßen. Aber immer noch hart genug, um ein Geräusch zu verursachen. Ich führe einen einzigen, geschmeidigen, x-mal geübten Bewegungsablauf durch: auf dem Boden aufkommen, sofort abspringen, durch die Tür seitlich nach draußen abrollen, weiter in den Flur hinein.

Die beiden werden sich zu langsam umdrehen, um mich noch sehen zu können. Sie werden nur zur offenen Tür blicken und sich wundern, was sie da wohl gehört haben.

In der Zeit bin ich mit schnellen, völlig lautlosen Schritten schon erneut hinter der Tür der Damentoilette verschwunden.

Es folgt die gleiche Prozedur wie eben: Warten, Lauschen, bis ich ihre Schritte höre, dann raus aus dem Klo. Dieses Mal aber werde ich die Treppe hochrennen, zurück in den Schalterraum der Bank.

Als ich oben ankomme, sehe ich gerade noch, wie der Kapitän die Bank verlässt.

Er hat mich nicht entdeckt, alles ist gut gegangen.

UNGLAUBLICHER ZUFALL

Ich warte ein, zwei Minuten ab, bevor auch ich die Bank verlasse.

Gerade will ich die Tür öffnen, als diese von außen aufgestoßen wird.

Zwei maskierte Männer stürmen herein! Der eine rennt mich fast um.

Die Männer sind bewaffnet und halten ihre Pistolen mit gestreckten Armen vor sich. Einer bleibt an der Tür stehen, der andere läuft auf den ersten Schalter zu.

»C'est un raid!«, brüllt der an der Tür. »Tous se coucher!«

Ich verstehe, was er ruft: »Dies ist ein Überfall! Alle hinlegen!«

Ich kann es nicht glauben! Da trage ich vierzigtausend Euro unter dem Shirt, die ich gerade eben einem wirklich üblen Gangster unbemerkt aus dem Safe geklaut habe, und jetzt gerate ausgerechnet ich in einen Banküberfall?!

Das darf doch wirklich nicht wahr sein!

Es sind außer mir noch zwölf Kunden in der Bank, die allesamt sofort den Anweisungen der Bankräuber folgen und sich flach auf den Boden legen. Die Arme weit von sich gestreckt, obwohl die Gangster davon gar nichts gesagt haben. Das haben die bestimmt aus irgendwelchen Filmen.

Drei Bankangestellte hingegen – zwei Männer, eine Frau – sind, wie ihnen befohlen wurde, hinter ihren Schaltern stehen geblieben und heben nun mit angsterfüllten Blicken ihre Arme in die Höhe.

Unter den Kunden ist eine Mutter mit einem kleinen Jungen, vielleicht sechs oder sieben Jahre alt, der sofort anfängt zu weinen. Ein paar Schritte weiter liegt ein älterer, grauhaariger Herr auf dem Boden, der sich immer wieder mit einer Hand ans Herz fasst. Hinter ihm eine Frau in einem teuren Business-Kostüm, die eisern ihr Smartphone in der rechten Hand hält.

Das bemerkt der Bankräuber vorn am Schalter und fordert nun brüllend die Geiseln auf, ihre Smartphones sofort in einen Papierkorb zu werfen. Der Komplize von der Tür schnappt sich den neben ihm stehenden Schirmständer und stellt ihn der Geschäftsfrau genau vor die Nase, damit sie die Telefone einsammelt. Die wimmert und klammert sich bis zuletzt an ihr Smartphone, als ob ihr Leben davon abhinge. Dabei dürfte das Gegenteil der Fall sein. Wenn sie es nicht gleich in den Schirmständer wirft, könnte es für sie gefährlich werden.

Ich dagegen schüttle den Kopf, zucke mit den Schultern, ziehe das Futter meiner Hosentaschen von innen nach außen. Soll heißen: Ich bin ein armer Junge, ich habe nichts.

Der Bankräuber glaubt mir. Die einfachsten Tricks sind immer noch die effektivsten. In meine Agentenhosen ist unter dem Gürtel eine doppelte Tasche eingenäht, genau für diesen Fall: um bei Überfällen leere Taschen vorzeigen zu können. Kommt ja gern mal vor, dass gerade Kindern und Jugendlichen die Handys zum Beispiel an Bahnhöfen abgezogen werden. Es ist einfach zu risikoreich, durch so einen zufälligen Blödsinn mein Agentenhandy zu verlieren. Also trage ich es in einer Spezialtasche unterm Hosenbund, hinter meinem Gürtel.

Endlich sind alle Handys eingesammelt, und der Bankräuber am Schalter widmet sich wieder den Bankangestellten, indem er einen von ihnen auffordert, alles Geld in einen mitgebrachten Stoffbeutel zu packen.

Es ist wirklich wie in einem Film.

Ich aber kenne solch eine Situation nicht nur aus Filmen, sondern auch aus meinem Training an der Agentenakademie. Dort haben wir zwar keinen Banküberfall simuliert, aber sehr wohl, was wir zu tun haben, wenn wir als Geiseln genommen werden. Ich wüsste also, was zu tun wäre …

Aber hier mische ich mich nicht ein.

Auf gar keinen Fall!

Niemals werden die beiden Räuber auf die Idee kommen, dass ein zwölfjähriger Junge vierzigtausend Euro unter seinem Shirt herumträgt.

Allerdings hatte ich mir beim Verstecken des Geldes nicht allzu große Mühe gegeben. Es war eher als Provisorium gedacht gewesen: alle Scheine hastig unters Shirt gestopft, und dann nichts wie raus hier.

Stattdessen stehe ich jetzt hier mit erhobenen Händen und spüre, wie unförmig sich mein Shirt in der Bauchgegend nach außen wölbt. Ja, tatsächlich. Ich bin, neben den Bankangestellten hinter ihren Schaltern, die einzige Geisel, die noch steht.

»Hé! Allonge-toi sur le sol!«, raunzt der Bankräuber mich von der Tür her an.

Ich folge schnell seiner Anweisung und lege mich auf den Boden, ehe ihm auffällt, dass ich etwas unter meinem Shirt verstecke. Allerdings muss ich sehr aufpassen, dass mir beim Hinlegen nicht der ein oder andere Geldschein aus der Tüte rutscht.

Verdammt! Ich kann immer noch nicht fassen, dass mir so etwas passiert. So viel Pech gibt es doch auf der ganzen Welt nicht!

Der Bankräuber vorn schnauzt jetzt den Bankangestellten an, weil er bemerkt hat, wie wenig Bargeld die hier oben an den Schaltern herumliegen haben. Aber das war doch klar! Was haben die denn gedacht? Meine Güte, was für Amateure!

Das Dumme ist, gleich werden sie vermutlich auf die

Idee kommen, hinunter in den Tresorraum zu gehen und den auszurauben. Und bei der Gelegenheit sicher auch gleich die Schließfächer leerräumen. Vielleicht sogar nur die, denn erstens dürfte in dieser kleinen Filiale der Tresor nicht allzu üppig gefüllt und zweitens vermutlich trotzdem mit einem Zeitschloss versehen sein, das eine Öffnung gar nicht zu jeder Zeit möglich macht. Wenn sie die Schließfächer ausrauben, hätte das für mich zwar den Vorteil, dass dann auch der Geldkoffer des Gangsters geklaut werden und niemals jemand meinen Diebstahl bemerken würde. Der Nachteil aber ist: Das kostet Zeit. Würde mich nicht wundern, wenn längst automatisch der Alarm ausgelöst worden ist. Dann ist in wenigen Minuten die Polizei vor Ort, das Ganze artet in eine endlose Geiselnahme aus, und ich sitze fest.

Mehr noch: Wenn es der Polizei gelingen sollte, uns Geiseln zu befreien, würden wir danach natürlich betreut und zur Sicherheit medizinisch abgecheckt – und meine vierzigtausend Euro entdeckt werden!

Oh Himmel! Das darf ich nicht zulassen!

Ich muss doch aktiv werden und diesem Spuk hier ein Ende bereiten.

Zu meinem eigenen Schutz.

Und zwar sofort!

Aber wie soll ich das machen, ohne meine antrainierten Fähigkeiten als Agent zu offenbaren? Sowohl mein Prof, verantwortlich für uns YOUNG AGENTS in der Geheimdienstzentrale in Deutschland, als auch Le Patron, der Chef des französischen Geheimdienstes, würden mir die Hölle heiß machen. Ich würde das gesamte Projekt »Milestone« gefährden! Und das darf auf gar keinen Fall passieren.

Also heißt es für mich stillhalten, solange es irgend geht, brav die Geisel spielen und innerlich beten, dass diese amateurhaften Bankräuber hier schneller wieder raus sind, als ich es im Moment befürchte.

Prompt geschieht das, was ich vorausgeahnt hatte: Der Räuber am Schalter nimmt sich einen Bankangestellten als Geisel und geht mit ihm die Treppe hinunter.

Ich weiß aber, dass nicht dieser Bankangestellte den Schlüssel für die Schließfächer und somit vermutlich auch für den Tresorraum in seiner Schublade aufbewahrt, sondern sein Kollege von Schalter 3. Der Bankräuber hat sich den Falschen geschnappt. Und offenbar will der Angestellte den Irrtum aufrechterhalten, bestimmt, um Zeit zu gewinnen.

Aber ich habe keinerlei Interesse daran, dass wir hier so lange herumbummeln, bis die Polizei antanzt. Nun kann ich dem Bankräuber aber schlecht zurufen: »Du hast den falschen Mann!« Damit würde ich mich ja selbst verraten. Verflucht noch mal!

Der Bankräuber hier oben wird immer nervöser, weil er allein ist und sämtliche Kunden und Angestellten in Schach halten muss.

Unsicher schaut er sich um.

Dann trifft er eine Entscheidung. Das ist seinem Gesicht direkt anzusehen.

Entschlossen marschiert er auf den weinenden kleinen Jungen zu.

Ich begreife sofort, was er vorhat: Er will sich den Jungen schnappen, um sich Gehorsam bei den übrigen Geiseln zu verschaffen.

Damit ist für mich klar: Ab jetzt darf ich mich nicht mehr zurückhalten.

Einen kleinen Jungen zu bedrohen, das geht zu weit.

Ich muss handeln.

Als der Bankräuber an mir vorbeigeht, spreize ich mein rechtes Bein so, dass er über meinen Fuß stolpert und beinahe über mich fällt. Im letzten Moment kann er die Balance noch halten, schaut mich fassungslos an und kann wohl nicht glauben, was offensichtlich ist: dass ich ihm gerade ein Bein gestellt habe. Er legt kurz grübelnd seine Stirn in Falten und trifft eine neue Entscheidung, und zwar genau die, die ich ihm durch meine Aktion sozusagen aufgedrückt habe: Er lässt den Jungen zufrieden und schnappt sich mich als besonders aufmüpfige Geisel, um das Drohpotenzial für alle anderen zu erhöhen.

Wie ich vermutet habe, brüllt er den anderen nun zu, dass ich es auszubaden hätte, sollte irgendjemand auf dumme Gedanken kommen.

Entsetzte Gesichter bei den Geiseln: Wie kann er nur

einen hilflosen Jungen von gerade mal zwölf Jahren – also mich – als Geisel nehmen?

Der Bankräuber glaubt, einen guten Plan zu haben. Er ahnt nicht, dass er gerade seinen eigenen Untergang vorbereitet hat.

Denn nun habe ich ihn genau dort, wo ich ihn haben wollte: in meiner unmittelbaren Nähe. Wir stehen dicht nebeneinander. Exakt dieses Szenario haben wir auf der Agentenakademie mehrfach durchgespielt.

Der Bankräuber zieht mich am Kragen mit sich und schleppt mich zurück zur Tür, wo er wieder seinen Posten einnimmt. Er wartet auf seinen Komplizen und hofft, dass dieser möglichst bald aus dem Tresorraum zurückkommt – mit einem Sack voller Bargeld.

Er ahnt nicht, dass ich ebenso auf seinen Komplizen warte.

Doch im Gegensatz zu ihm weiß ich, dass der nicht mit einem Sack Geld oder Schmuck auftauchen wird, sondern um sich den richtigen Bankangestellten zu schnappen, den nämlich, der den Schlüssel zum Tresorraum verwaltet.

Und da kommt er auch schon, wutschnaubend und mit hochrotem Kopf, die Treppe heraufgestampft. Vor ihm der Angestellte, den er grob vor sich herstößt.

»Que s'est-il passé?«, fragt der, der mich am Schlafittchen gepackt hat.

Sein Komplize erklärt es ihm.

Ich sag ja: Amateure.

Aber dies ist mein Moment!

Der Bankräuber stampft auf Schalter 3 zu.

Mein Geiselnehmer schaut ihm etwas dümmlich hinterher. Und achtet nicht genug auf mich.

Ich aber vollziehe genau jetzt meine x-mal trainierten, superschnellen drei »Special-Agententricks«.

Erstens: einen gezielten Tritt in die Kniekehle – der Gangster sackt ab.

Zweitens: Ich schnappe mir seinen Arm, der die Waffe hält, und breche den Knochen wie einen Ast über meinem Knie.

Der Bankräuber lässt mit einem lauten Schmerzensschrei die Waffe fallen. Ich fange sie noch in der Luft auf, ziele mit ein und derselben Bewegung, drücke ab und zertrümmere dem zweiten Bankräuber mit einem Schuss, der perfekt sitzt, das rechte Knie. Der fällt nun ebenfalls laut schreiend zu Boden und hält sich winselnd das blutende Bein.

»Schnappen Sie sie!«, rufe ich der versammelten Mannschaft auf Französisch zu.

Das lässt die sich zum Glück nicht zweimal sagen. Zumindest einige darunter. Sofort eilt der Bankangestellte von Schalter 3 seinem Kollegen und einem Kunden zu Hilfe, die sich auf den blutenden Bankräuber am Schalter stürzen. Ein anderer Kunde und die Business-Frau fallen über den zweiten Gangster her. Die Business-Frau, die vermutlich immer noch sauer ist, dass man ihr das Smartphone weggenommen hat, tut sich dabei besonders hervor. Sie tritt dem Bankräuber mit ihren Stöckelschuhen brutal auf die Hand, während der andere Kunde ihn am Boden fixiert, bis die Polizei eintrifft. Die anderen acht stehen perplex da und trauen ihren Augen nicht.

Das kurze Chaos ist für mich groß genug, um aus der Bank zu verschwinden, ehe die anderen so richtig kapiert haben, was gerade geschehen ist: Ein zwölfjähriger Junge hat mit wenigen Handgriffen mal eben zwei bewaffnete Bankräuber außer Gefecht gesetzt.

Das Gute dabei: Obwohl die Mehrheit nachher genau das aussagen wird, werden die Polizisten es nicht glauben. Und durch ihr ständiges Nachfragen werden die Zeugen mit ihren Aussagen immer unsicherer, unpräziser und widersprüchlicher werden. Ich bin schon gespannt, was ich morgen dazu in der Zeitung lesen werde. Vielleicht: »Furchtlose 25-Jährige rettet Bankgeiseln das Leben!« – oder so.

Mir soll's recht sein.

Vierzigtausend Euro unter dem Shirt zu tragen, ist kein schlechtes Gefühl.

Im ersten Moment.

Im zweiten Moment stellt sich die Frage: Wie wird man die wieder los? Ich kann das Geld ja schlecht einfach auf das Konto meiner Eltern einzahlen. Da taucht doch sofort die Frage auf, woher ich so viel Geld habe.

Es bar mit nach Hause zu nehmen, birgt auch ein großes Risiko, weil wir sicher mit einem normalen Passagierflugzeug reisen werden und nicht etwa mit einer Sondermaschine des Geheimdienstes. Schließlich gibt es uns Kinderagenten offiziell gar nicht. Aber an einem stinknormalen Flughafen könnte das Geld sehr leicht während der Sicherheitskontrolle entdeckt werden.

Es sind achtzig Fünfhundert-Euro-Scheine.

Vielleicht kann ich sie zwischen Naomi und mir aufteilen? Immerhin ist sie eingeweiht. Vierzig Geldscheine ließen sich doch wohl von jedem von uns verstecken: zehn Stück in meinen Socken, zehn Scheine in meinem Kulturbeutel zwischen Zahnpasta und Shampoo, zehn Stück einfach in meinem Portemonnaie und jeweils fünf in je einem meiner Schuhe unter der Einlegesohle.

Ich kehre viel früher ins Hotel zurück, als ich gedacht habe. Dort angekommen, schaue ich mich im Foyer um, achte aber darauf, selbst von niemandem entdeckt zu werden.

In einer Ecke sehe ich Naomi mit Shiona sitzen. Der angebliche Journalist ist schon nicht mehr da. Shiona ist wild am Gestikulieren und Naomi sichtbar darum bemüht, sie zu beruhigen. Auf mich wirkt die Szene eher so, als wäre unser »Journalist« gar nicht erst aufgetaucht. Das wäre allerdings saublöd.

Eigentlich wollte ich mich geschickt an den beiden vorbeischleichen, aber es überwiegt doch meine Neugier.

»Hallo«, begrüße ich Shiona und frage, bevor *sie* irgendetwas fragen kann, zum Beispiel, wo ich gesteckt habe: »Wo ist denn Charles?«

Shiona hat ihren Mund schon geöffnet. Vermutlich wollte sie sich nur wegen der angeblichen Fischvergiftung nach meinem Magen erkundigen. Doch sie klappt ihn erst mal wieder zu, während Naomi mir antwortet: »Der holt was zu trinken.«

»Und? Schon fertig?«, setze ich gleich die nächste Frage hinterher, obwohl ich befürchte, die Antwort schon zu kennen: Unser Mann hat uns sitzen lassen!

Doch Shiona strahlt mich an: »Ja! War zwar nur kurz, aber stell dir vor: Er will ausführlich unsere CD vorstellen. Deshalb hat er auch gar keine Fragen gestellt. Er will lieber über unsere Musik schreiben statt über uns. Nicht schlecht, oder?«

»Unsere CD?«, frage ich nach. Habe ich das richtig verstanden? Mein Blick huscht unauffällig und fragend rüber zu Naomi, die kaum merklich mit den Schultern zuckt.

»Genau!«, ruft mir Shiona begeistert entgegen, obwohl ich direkt vor ihr stehe. »Ist das nicht cool?«

»Öhm …«, sage ich. Ich bin so perplex, dass es mir fast die Sprache verschlägt. »Aber …«, setze ich neu an, »wir … haben doch gar keine CD.«

»Das ist es ja!«, plappert Shiona sofort wieder los. »Was meinst du, was wir hier gerade so intensiv besprechen? Wir müssen eine aufnehmen. Bis zum Wochenende!«

»Heute ist schon Mittwoch!«, wende ich ein.

»Deshalb müssen wir uns ja auch echt beeilen«, schnattert Shiona weiter. »Ich hab schon meinen Vater angerufen. Unsere Maschine geht in zwei Stunden. Zurück mit uns ins Studio!«

»In … zwei Stunden?«, plappere ich nach, während mir durch den Kopf schießt, dass das wohl der Plan der Zentrale ist: Sie hat unserem Mann, dem angeblichen Journalisten, den Auftrag gegeben, Shiona heißzumachen, sofort in die CD-Produktion einzusteigen. Auf diese Weise führt Shiona uns ohne Umschweife zurück ins Haus des zweitgrößten Gangsters Europas, der uns gerade erst entwischt ist: ihr Vater!

»Super!«, antworte ich deshalb. Mein Blickkontakt mit Naomi verrät mir, dass sie längst den Plan der Zentrale begriffen hat, indem sie mir kurz zuzwinkert. Ich nehme mal an, dass auch Charles, der in diesem Moment auf uns zukommt, eingeweiht ist.

»Es nicht möglich ist, zu kaufen something to drink«, erklärt er. »Ein Kellner will come.«

Charles spricht kein perfektes Deutsch und er hat als Engländer noch immer Schwierigkeiten mit der korrekten Satzstellung im Deutschen, schon klar. Aber so einen schlechten Mischmasch kenne ich von ihm nicht. Shiona strahlt ihn an und sagt lächelnd: »Du musst jetzt nicht mehr im Ami-Slang sprechen, Charles. Der Journalist ist weg.«

Ich verstehe nicht ganz, muss aber schmunzeln. Denn: Charles spricht unüberhörbar mit einem britischen Akzent, der mit einem US-amerikanischen Slang nichts zu tun hat.

Naomi verdreht die Augen, als sie erklärt: »Shiona meinte, es wäre cooler, wenn Charles mit starkem englischsprachigen Akzent spricht. So wie die großen Popstars.«

Ich kann es mir nicht verkneifen, laut aufzulachen.

Doch Shiona sagt nur: »Ich weiß nicht, was ihr habt, Leute. Hat doch geklappt! Also los, holt eure Klamotten, in einer halben Stunde werden wir zum Flughafen gebracht.«

Das Beste an der Sache ist, dass wir mit dem Privatjet ihres Vaters fliegen. Wir müssen also nur eine kleine, fast schon privat wirkende Kontrolle durchlaufen, bei der wir zwar auch durch einen Metalldetektor gehen müssen, aber das war's dann auch schon.

Pünktlich heben wir ab, und ich sitze grinsend auf meinen Platz. Denn ausgerechnet Shionas Vater hat dafür gesorgt, dass ich meine vierzigtausend Euro sicher und unbemerkt nach Hause bringen werde, obwohl ich das Geld letztlich auch ihm gestohlen habe.

ZURÜCK ZU HAUSE

Endlich wieder zu Hause! Nicht, dass ich nicht gern unterwegs wäre. Im Gegenteil, ich liebe das Abenteuer, reise gern und begebe mich sogar gern in Gefahr. Ich meine, sonst wäre es ja kein Abenteuer! Aber ich muss endlich regeln, dass wir nicht aus unserer Wohnung fliegen.

Auf dem Herd steht ein Topf Gulasch, eine meiner Lieblingsspeisen. Daneben ein kleinerer Topf mit spiralförmigen Nudeln ebenfalls genauso, wie ich sie am liebsten mag. Egal wie lange ich fort bin, meine Eltern kochen mir jeden Tag etwas zu essen und stellen es mir hin, nur für den Fall, dass ich überraschend nach Hause komme. Okay, genau genommen ist es meine Mutter, die täglich für mich kocht.

Bei uns herrscht noch eine strenge Geschlechteraufteilung aus längst vergangenen Zeiten: Meine Mutter kocht und macht den größten Teil des Haushalts wie Wäsche waschen und bügeln. Mein Vater ist dafür für alles Handwerkliche und Technische zuständig. Aber weil da nicht viel anfällt und er seit Längerem, genau wie meine Mutter, arbeitslos ist, muss er nun doch ein bisschen im Haushalt anpacken.

Im Moment, während ich mir das Gulasch samt Nudeln aufwärme, ist er mit dem Abtauen des Eisfachs beschäftigt.

Nachdem ich die zwei Herdplatten volle Pulle aufgedreht habe, beginne ich, mir Schein für Schein aus Portemonnaie, Socken, Schuhen und Kulturtasche zusammenzuklauben, bis die kompletten vierzigtausend Euro auf dem Küchentisch liegen.

Mein Vater unterbricht seine Arbeit und staunt mich an. »Was ist das?«

»Eure Mietnachzahlung. Vierzigtausend.«

Mein Vater nimmt sich einen Geldstapel und blättert ihn ehrfürchtig durch. Ich weiß, so viel Geld auf einem Haufen hat er noch nie gesehen.

»Woher hast du das?«, fragt er. Seine Stirn legt sich in sorgenvolle Falten.

»Mach dir keinen Kopf, Papa«, bitte ich ihn. »Dort, wo es herkommt, lag eine Million. Und die wurde nicht mit ehrlicher Arbeit verdient.«

»Na dann«, sagt mein Vater, »hättest du auch die ganze Million mitbringen können.«

»Hartmut!« Die scharfe Zurechtweisung kommt von meiner Mutter, die in der Küchentür steht. »Du kannst wohl nie genug bekommen.«

»Das war ein Scherz«, behauptet mein Vater – aber ganz so sicher bin ich mir da nicht.

Aus lauter Ehrfurcht vor so viel Geld tritt meine Mutter nur sehr vorsichtig an den Küchentisch heran.

Das passt mir ganz gut, so fällt meine Warnung auf fruchtbaren Boden: »Ihr solltet das Geld möglichst nicht mit bloßen Händen anfassen. Besser nur mit Handschuhen. Ich hab's markiert.«

»Was?« Mein Vater lässt das Geld fallen und entdeckt mit Entsetzen, dass sich seine Fingerspitzen blau färben. »Verdammt!«

Er macht einen Satz zum Waschbecken.

»Man kann es nicht abwaschen«, erkläre ich ihm. »Aber nach zwei Wochen geht es von selbst weg.«

»Nach zwei Wochen?«, fragt mein Vater entgeistert. »Bist du verrückt? Ich hab übermorgen ein Bewerbungsgespräch. Mann, was ist das für eine Geheimdienst-Scheiße?«

Wider besseres Wissen fängt er doch an, sich wie ein Wilder die Hände unter dem Wasserhahn zu schrubben. Es wird ihm nichts nützen.

»Tut mir leid«, entschuldige ich mich.

Als ich es markiert habe, hatte ich ja noch keine Ahnung, dass ich selbst etwas von dem Geld nehmen würde.

»Es ist für eure Mietschulden«, wiederhole ich. »Ihr müsst sie bar abzahlen. Auf keinen Fall alles auf einmal, hört ihr? Vereinbart eine monatliche Ratenzahlung, gestreckt auf ein Jahr. Dann fragt niemand, woher ihr das Geld habt.«

Meine Mutter nimmt mich in den Arm und drückt mir einen Kuss auf die Wange. »Danke, Billy!«

»Aber nicht für etwas anderes ausgeben«, mahne ich sie.

»Natürlich nicht!«, verspricht meine Mutter.

»Wir könnten ein neues Auto brauchen«, ruft mein Vater dazwischen, dessen Kopf schon wieder im Kühlschrank steckt.

»Hartmut!«, schimpft meine Mutter wieder.

»War ein Scherz!«, kommt aus dem Kühlschrank.

Mein Gulasch ist heiß und schmeckt köstlich. Leider habe ich kaum Zeit, es zu genießen. Bei der Landung hat uns Shiona gleich den nächsten Übungstermin mitgegeben: »In einer Stunde bei mir!«

Ich habe protestiert und konnte wenigstens drei Stunden herausschlagen. Denn während des Flugs erreichte mich eine Nachricht der deutschen Zentrale. Charles, Naomi und ich sollen uns umgehend nach der Landung in der Hamburger Zentrale einfinden. Offenbar wartet ein neuer Auftrag auf uns. Was uns wundert. Wir sollten doch an Shionas Vater und dem Boss dranbleiben.

Ich schlinge also mein Gulasch schneller in mich hinein, als mir lieb ist, ziehe mir frische Klamotten an und renne schon wieder aus dem Haus.

Unten schließe ich mein Spezial-E-Bike auf und will gerade losdüsen, da höre ich von hinten: »Ah, der Schulschwänzer.«

O nein! Das ist Gonzos Stimme. Die größte Nervensäge nicht nur meiner Klasse, sondern der ganzen Schule. Einer, der keine Gelegenheit auslässt, andere zu mobben, zu demütigen oder zu verpetzen. Ein echter Kotzbrocken. Aber ich habe die Anweisung von der Zentrale, alles über mich ergehen zu lassen, den braven Schwächling zu spielen, weil das am Unauffälligsten sei.

»Gonzo, ich hab …«

… überhaupt keine Zeit, wollte ich sagen, da steht er schon vor mir. Mein Vorderrad klemmt zwischen seinen Beinen, und er hält mein Lenkrad fest.

Was tut der überhaupt hier?

Ich kann es mir denken: Er ist der Neffe unseres Hausmeisters, also dem unseres Wohnblocks. Vermutlich macht er einen kurzen Verwandtenbesuch. Ausgerechnet jetzt muss er dabei auf mich stoßen.

Mir fällt auf, dass Gonzo eine dunkle Sonnenbrille trägt, obwohl es heute stark bedeckt ist. Vermutlich will er cool aussehen, denke ich gerade so bei mir, als Gonzo die Brille abnimmt. Zum Vorschein kommt ein dick geschwollenes Veilchen.

»Was ist denn mit deinem Auge los? Boxt du neuerdings?«, frage ich.

»Sehr witzig!«, zischt Gonzo mich an. »Das …« er

zeigt auf sein geschwollenes rechtes Auge, »...hab ich dir zu verdanken.«

»Ach ja?« Im Moment weiß ich wirklich nicht, wie er darauf kommt.

»Du hast Murat erzählt, ich mobbe seine Schwester«, erinnert Gonzo mich netterweise.

Stimmt! Jetzt fällt es mir auch wieder ein. Es schien mir eine gute Möglichkeit, Gonzo einen Denkzettel zu verpassen, ohne selbst Hand anlegen zu müssen. Offenbar hat es funktioniert.

»Und?«, frage ich scheinheilig. »Stimmt das etwa nicht?«

»Nein!«, brüllt Gonzo mich an. »Ich kenne die dumme Kuh gar nicht.«

»Wer ist eine dumme Kuh?«

Wir beide drehen uns um. Da steht Murat. Ein Geschenk des Himmels!

»Deine Schwester«, antworte ich schnell, ziehe die Augenbrauen hoch und zeige auf Gonzo. »Hat er gerade gesagt. Ich finde Zehra sehr nett.«

»Was? Ich? Nein! Moment!«, stottert Gonzo. Aber da packt Murat ihn schon am Kragen.

»Hatten wir die Sache nicht geklärt?«, fragt er mit drohendem Unterton.

»Äh... Tschuldigung«, mische ich mich höflich ein. »Darf ich mal?« Vorsichtig schiebe ich Gonzo beiseite, weg von meinem Fahrrad. »Ich muss dann auch los.«

Ich steige in die Pedale, stelle mein Rad auf höchste Geschwindigkeit – und die liegt weit höher als die offiziell erlaubte, nämlich bei sechzig Kilometern die Stunde.

Und schon bin ich weg. Das Problem »Gonzo« hat Murat für mich übernommen, natürlich ohne es zu wissen.

Gerade noch rechtzeitig erreiche ich die Tankstelle, lasse mir den Schlüssel für eine spezielle Toilettentür aushändigen, den sonst keiner bekommt (außer Charles und Naomi natürlich), betrete die Kabine, betätige die angebliche Spülung – und schon fährt mich die Toilettenkabine als Fahrstuhl hinunter in die geheimen Kellerräume unserer Geheimdienstzentrale.

Charles und Naomi sind schon da, als ich das Büro unseres Chefs betrete. Der Prof sitzt wie immer hinter seinem riesigen Schreibtisch im englischen Stil. Würde man es nicht wissen: Die Bücherregale und Flatscreens an den Wänden lassen nicht erahnen, dass wir tief unter der Erde in einem bunkerähnlichen, hässlichen Betonkeller hocken.

Der Prof schaut missbilligend auf seine Armbanduhr, die vermutlich mehr als doppelt so alt ist wie er selbst, mit seinen noch nicht mal vierzig Jahren wohl einer der jüngsten Geheimdienstchefs überhaupt. Aber von seinem Stil und Geschmack her hat er vieles mit Charles gemein. Allein die Klamotten, die beide tragen, lassen sie um Jahre älter erscheinen. Hätte der Prof graue statt schwarze Haare, würde man annehmen, er ginge streng auf die sechzig zu.

Ich weiß, dass ich nicht zu spät bin, und bleibe gelassen. Der Prof bemerkt es auch und kann sich so eben gerade noch eine Mahnung verkneifen.

»Glück gehabt«, sagt er stattdessen nur.

Ich verziehe das Gesicht. Das sagt nämlich Gonzo auch immer zu mir, wenn er mir eins auswischen will, aber nicht dazu kommt.

»Wir haben einen wichtigen Auftrag für euch«, kommt der Prof ohne Umschweife zur Sache.

Charles und Naomi sitzen auf den beiden schlichten, harten Besucherstühlen, während der Prof es sich in seinem dicken, weichen Chefsessel bequem gemacht hat. Mehr als zwei Stühle gibt es nicht, also setze ich mich einfach im Schneidersitz auf den Boden, von wo aus ich gerade noch so an den kleinen Glastisch gelange, auf dem drei Gläser mit Sprudel stehen, von denen ich mir gleich eins greife. Nun kann der Prof mich nicht mehr sehen, was ihm sichtlich nicht zu passen scheint. Verärgert räuspert er sich, erhebt sich kurz, um mir einen vorwurfsvollen Blick zuzuwerfen.

Ich muss aufstehen und stehen bleiben.

»Wir haben ein Problem«, setzt der Prof wieder an. Seine Stimme so ernst wie seine Miene. Der Prof war noch nie ein Spaßvogel, wirklich nicht, aber so bitterernst habe ihn noch nie gesehen. »Unser Trinkwasser ist in Gefahr.«

Gerade wollte ich einen Schluck aus meinem Wasserglas trinken. Schnell führe ich es vom Mund weg und stelle es wieder neben mich.

»Das hier nicht«, beruhigt mich der Prof. »Zumindest noch nicht.«

Er klickt auf die Fernbedienung in seiner Hand. Auf einem der Bildschirme an der Wand erscheint eine Karte der Stadt Hamburg. Es sind darauf nur grob die Bezirke und Stadtteile skizziert. Zwei Stadtteile sind rot eingefärbt: Rahlstedt und Großlohe heißen die.

»Aber hier«, sagt der Prof und zeigt auf die rot markierten Stadtteile. »Proben haben ergeben, dass das Wasser an diesen Orten einen zu hohen Anteil an Schwermetallen aufweist: Cadmium, Zink, Kupfer, Nickel. Und – besonders alarmierend: Quecksilber!«

»Dort ist das Trinkwasser vergiftet?«, frage ich entsetzt nach. Ich denke natürlich sofort an einen terroristischen Anschlag. Schließlich erfahre ich diese Information gerade nicht während des Vortrags einer Umweltinitiative, sondern von einem Chef des Geheimdienstes höchstpersönlich.

Wieder hebt der Prof beruhigend die Hände. Aber so beruhigend ist seine Antwort dann gar nicht: »Noch nicht.«

Er fügt auch sogleich an: »Mit der Betonung auf

noch! Denn die Werte steigen. Nicht rapide, aber doch in besorgniserregendem Tempo.«

Er zeigt auf einen großen See, der östlich von Hamburg gelegen ist und seinem Namen alle Ehre erweist: Großensee. Er gehört zum Trinkwasserreservoir der Metropole Hamburg.

Die beiden markierten Stadtteile liegen verdächtig nah an diesem See.

Ich verstehe: Es besteht nicht nur die Gefahr, dass sich die Werte weiter erhöhen, bis das Trinkwasser in den betreffenden Gegenden wirklich als vergiftet angesehen werden muss, sondern auch, dass sich das Gift weiter ausbreitet und vielleicht schon bald den gesamten Großensee und damit die Trinkwasserreserve der 1,8-Millionen-Stadt verseucht.

Ein weiterer Klick auf die Fernbedienung, und die Karte wechselt. Statt Hamburg sehen wir jetzt Berlin. Ebenfalls nur eine grobe Karte. Ebenfalls mit zwei markierten Stadtteilen: Steglitz-Zehlendorf und Wannsee, in der Nähe des Düppeler Forsts gelegen, an dessen Rand die Havel fließt und der Große Wannsee liegt. Das gleiche Problem: Großstadt. Nahegelegener See. Und genau dort: Schwermetallbelastung.

»Noch können wir nur von einer ›Belastung‹ sprechen, aber schon bald wird das Wasser vergiftet sein.«

»O merde!«, ruft Naomi. »Woher kommt das Schwermetall?«

Das Gesicht des Profs verzieht sich zu einer grimmigen Miene. »Genau das ist das Problem. Wir wissen es nicht.«

»No?«, fragt Charles verwundert. »Why not? I mean, es kann doch nicht sein sonderlich schwierig, zu prüfen, wo die Vergiftung einsetzt. Ich denke, die Flüsse haben eine Strömung und an irgendeiner Stelle setzt die höhere Konzentration der Schwermetalle ein. Vor dieser Giftquelle – flussaufwärts – müsste die Konzentration niedriger sein. So man kann doch eingrenzen, von wo das Gift kommt. Jedenfalls ungefähr.«

»Ja«, bestätigt der Prof mit bitterem Ton in der Stimme. »So schlau sind wir auch. Aber die Werte schwanken und kommen von verschiedenen Stellen. Die eine Quelle ist also schwer zu lokalisieren. Und es kommt ein weiteres Problem hinzu.«

»Welches?«, frage ich natürlich.

»Fangen wir mal so an«, sagt der Prof. »Wollt ihr neue Smartphones haben?«

Hä? Was ist denn das für eine Antwort auf meine Frage.

»Ja … klar …?!«, antworte ich zögerlich.

»Meines ist noch ganz neu«, gesteht Naomi, was ich überhaupt nicht verstehen kann. Ich meine, ein neues Smartphone ist ein neues Smartphone, das lehnt man doch nicht ab.

Charles fragt: »Dienstlich oder privat?«

»Egal«, antwortet der Prof.

»Mir nicht«, entgegnet Charles. Aus seiner linken

Hosentasche zieht er sein Agenten-Smartphone, das gleiche Modell wie das unsrige. Anders als offenbar Charles habe ich gar kein anderes. Die Geheimdienstfunktionen sind für Fremde nämlich unsichtbar.

Charles aber zieht nun aus seiner rechten Hosentasche ein weiteres Handy.

»Was ist das denn?«, kreische ich unwillkürlich auf. »So etwas hab ich ja noch nie gesehen!«

Charles hält kein Smartphone in der Hand, sondern ein uraltes Klapphandy aus dem letzten Jahrhundert. Es sieht aus wie der Kommunikator aus den ersten *Star-Trek*-Filmen. Und das sage ich ihm auch so.

»Nicht *Star Trek*«, korrigiert mich Charles überlegen lächelnd, »sondern StarTAC. Baujahr 1996. Monochromer Bildschirm. Telefonfunktion und SMS-Möglichkeit. Das war's. Und der Akku hält drei bis vier Tage. Ich liebe es!«

»Keine Musik, kein Internet, keine Fotos?«, fragt Naomi und kann gar nicht fassen, dass es so etwas mal gab. 1996, da waren wir alle drei noch lange nicht geboren.

»No GPS, no Apps, nothing, nichts«, ergänzt Charles und steckt stolz sein altertümliches Gerät wieder weg.

»Gutes Beispiel«, lobt der Prof.

»Wie?«, frage ich verdutzt nach. »Wofür? Was ist denn nun mit den neuen Smartphones?«

»Es gibt keine«, erklärt der Prof lapidar.

Na toll.

»Aber wenn, was würdet ihr mit euren alten machen?«, fragt er.

»Zurückgeben«, antwortet Naomi.

Aber jetzt meint der Prof doch privat.

»Verkaufen«, schlägt Naomi also vor. »Oder verschenken.«

»Recyclinghof«, lautet mein Vorschlag. »Oder bestenfalls Flohmarkt. Die alten Dinger will doch keiner mehr haben. Außer Charles vielleicht.«

Der Prof drückt wieder auf seine Fernbedienung. Die Berlinkarte verschwindet. Stattdessen sehen wir ein Foto von Kindern, die – so sieht es zumindest aus – auf einer riesigen Müllhalde herumtoben. Der Himmel ist wolkenlos blau, die Sonne scheint zu brennen, die Müllhalde glänzt und flimmert, als wäre sie glühend heiß, die Kinder haben ausnahmslos dunkle Haut, und ihre spärliche Kleidung – Shirts und Shorts – ist abgenutzt, so wie auch ihre Sandalen jeden Moment auseinanderzufallen drohen.

»Unser aller ausgedientes Elektronik-Equipment, also all unsere alten Geräte wie Fernseher, Flatscreen, Smartphone, Notebook, Computer, Tablet, Spielekonsole landen zum großen Teil genau hier«, erklärt der Prof zu den Bildern. »Jedes Jahr werden über hundertfünfzigtausend Tonnen ausgedienter elektronischer Geräte von Deutschland nach Afrika und Asien verfrachtet.«

Aha, denke ich bei mir. Da landet also mein altes

Handy. Auch mein Vater hat erst vor Kurzem seinen alten Computer entsorgt.

»Dabei ist der Export von Elektronikschrott verboten«, informiert uns der Prof weiter.

Das wusste ich allerdings nicht. Aber … hä? Wie? Export?

»Ich dachte, Export wäre der Verkauf von Waren ins Ausland?«, frage ich unsicher nach. »Solche – sorry – Schrottgeräte lassen sich doch nicht exportieren. Wer kauft denn so was?«

Naomi weist mit dem Kopf Richtung Charles und grinst dabei.

Ich muss zwar auch kurz grinsen. Aber so viele schräge Typen wie Charles gibt es nicht auf der Welt, dass man hundertfünfzigtausend Tonnen Altgeräte an sie verkaufen könnte.

»Und wieso ist es verboten?«, wundere ich mich. »Ich kann doch wohl unseren alten Computer gebraucht verkaufen?«

»Das kannst du«, stimmt der Prof mir zu. »Kein Problem. Aber wenn du ihn nicht verkaufen, sondern wegwerfen willst, musst du ihn zu einem Recyclinghof bringen. Das kostet Geld. Und wenn du nun eine ganze Computerfabrik hättest und wolltest deine Altgeräte entsorgen, müsstest du eine Menge Geld dafür bezahlen.«

»Und das wollen einige sich eben sparen, oder?«, fragt Naomi.

Der Prof nickt. »Nicht nur das. In den alten Geräten stecken eine Menge verwertbarer und wertvoller Materialien. Jedes Mobiltelefon enthält rund sechzig Rohstoffe, allein um die dreißig Metalle, unter anderem Kupfer, Eisen und Aluminium, geringe Mengen an Kobalt, Silber, Gold und Tantal sowie sehr wenig Palladium und Platin. Am wertvollsten sind Tantal und Gold. Der Rohstoffwert von Tantal in eintausend Handys beträgt über neunhundert Euro. Vieles also kann man noch verkaufen. Der giftige Restmüll bleibt dann übrig. Das meiste davon landet hier«, sagt der Prof.

Es erscheint eine Landkarte von Ghana auf dem Screen. Zuerst nur ein Satellitenbild vom gesamten Land, dann zoomt der Prof ran an die Hauptstadt Accra. Und dann noch weiter: »Im Stadtviertel Agbogbloshie. Mittlerweile einer der verseuchtesten Orte der Welt.«

Erneut erscheint das Bild von den Kindern auf der Müllhalde.

»Verseucht?«

Ich habe das immer noch nicht so ganz verstanden.

»Mein Smartphone ist doch nicht giftig.«

»Nein?«, erwidert der Prof. »Nun, Mobiltelefone enthalten bis zu vierzig chemische Elemente, unter anderem einen erheblichen Anteil von POPs …«

»POPs?«, rufe ich spontan dazwischen. »Was ist das denn?«

Dann fällt mir siedend heiß ein: Hoffentlich haben

wir das nicht auf der Agentenakademie gelernt, denn dann sollte ich es wissen.

»Persistent Organic Pollutants«, antwortet Charles prompt. »Zu Deutsch: persistente organische Schadstoffe. Oder einfach nur: Dauergifte.«

Mist! Dann hatten wir das also wirklich im Unterricht? Allerdings ist Charles unser Chemie-As… Vielleicht hat er sich das Wissen über POPs auch privat angeeignet?

»Ganz recht«, lobt der Prof ihn, während mich schon wieder ein vorwurfsvoller Blick trifft. Voller Schuldgefühle schaue ich schnell weg.

»Und?«, fragt der Prof Charles weiter, als ob der in einer Prüfung säße. Das hat er nun von seiner cleveren Antwort.

»Die Dauergifte können in der Umwelt nur sehr langsam abgebaut werden. Und sie werden über unsere… äh… atmosphere, getragen von der Luft, more of hundred oder sogar thousand Kilometer entfernt von die eigentliche Quelle, überall auf der Welt verteilt. Sie sammeln sich in der Natur an, aber auch im menschlichen Körper. Es aber gibt viel mehr giftige Material in mobile phones: Brom, Chlor, Blei, Quecksilber und Cadmium, Zink, Nickel«, referiert Charles aus dem Stand. »Die anderen Bestandteile wir hatten ja bereits erwähnt.«

»Danke. Sehr gut!«, lobt der Prof.

»Genug Stoffe jedenfalls, um auch das Wasser hier in

Hamburg und in Berlin zu verunreinigen, wenn man die Altgeräte nicht fachgerecht und umweltschonend entsorgt«, melde ich mich zu Wort.

»Ganz genau«, stimmt mir der Prof zu. »Wir gehen darum auch davon aus, dass es einen Zusammenhang gibt zwischen den brenzligen Wasserwerten bei uns und den vergifteten Müllhalden in Ghana.«

Ich wende meinen Blick wieder dem Monitor zu und betrachte das Foto von den Kindern auf der Müllhalde. Sie stehen dort barfuß in ihren Sandalen, in zerschlissener Kleidung, gewissermaßen halbnackt. Und das in einem derart verseuchten Gebiet, in das Kontrolleure aus Europa vermutlich nur mit Schutzanzug samt Atemmaske gehen würden.

»Dort arbeiten viele Kinder«, führt der Prof weiter aus, als hätte er gerade meine Gedanken gelesen. Seine Worte sind für mich wie ein Stich ins Herz. Die Jungs, die wir dort auf den Fotos sehen, spielen gar nicht, wie ich anfangs vermutet hatte, sie arbeiten! Halbnackt und fast barfuß! Sie sind maximal so alt wie ich, die meisten deutlich jünger.

Okay, da ich seit meinem zehnten Lebensjahr zu den YOUNG AGENTS gehöre, habe ich schon eine ungewöhnliche, ich will nicht sagen irgendwie harte Kindheit. Mein Job ist durchaus lebensgefährlich. Allerdings weil ich mich freiwillig ins Abenteuer begebe, um für die gute Seite und gegen das Verbrechen in der Welt einzutreten.

Aber die dort in Afrika? Das ist der pure Horror. Deren Job ist lebensgefährlich, weil sie tagtäglich schutzlos im Giftmüll stehen, mit Gift in Berührung kommen und dort für wenige Cent acht bis zehn Stunden am Tag schuften müssen.

Der Prof berichtet weiter:

»Die Kinder dort sortieren die alten Elektro- und Elektronikgeräte oder besser gesagt: das, was von ihnen übrig ist – funktionieren tut keines mehr –, und sammeln alles, was daraus noch verwertbar ist. Wie giftig die Bestandteile, die sie herausreißen, auch immer sein mögen … So verdienen sie wenigstens etwas, um ihre Familien zu ernähren, denn sie brauchen jeden Cent fürs nackte Überleben. Das große Geld aber machen die anderen. Und die sitzen hierzulande und machen sich die Hände nicht schmutzig. Diese Leute bieten an, die fachgerechte, umweltschonende Entsorgung zu umgehen – und lassen sich das so richtig gut bezahlen.«

Ich beginne zu verstehen: Über irgendwelche dubiosen Wege werden Altgeräte zwar weiterverkauft an Recyclingfirmen, aber dann sind sie oft schon ausgeschlachtet, kaum noch wertvolles Material ist noch in ihnen enthalten. Der Restmüll oder womöglich auch komplette Altgeräte werden nach Afrika oder Indien verschifft, wo sie dann auf den giftigen Müllkippen, wie wir sie im Video gesehen haben, weiter ausgeschlachtet werden.

Während es noch hart in mir arbeitet und mein Kopf rattert, ich angestrengt versuche, das Gesagte zu begreifen, Verbindungen herzustellen und durchzusteigen, fällt mir ein: Wo man illegal Geld verdienen kann, sind der Boss und Shionas Vater bestimmt nicht weit. Mir schwant etwas, und so frage ich: »Wo kommen diese ungeheuren Mengen an Altgeräten eigentlich her? Hatten Sie nicht etwas von hunderfünfzigtausend Tonnen gesagt?« Im Kopf überschlage ich schnell: Eine Tonne sind tausend Kilogramm, wir sprechen hier also von hundertfünfzig Millionen Kilogramm Elektroschrott!! Jährlich! Nur aus Deutschland! »So eine riesige Menge lässt sich nicht verstecken, wenn es doch verboten ist.«

Ich erinnere mich, wie nervös ich war bei dem Gedanken, gerade mal achtzig Geldscheine durch die Sicherheitskontrolle bringen zu müssen. Und hier werden hundertfünfzig Millionen Kilogramm Metall illegal verschifft, und niemand merkt etwas?

Der Prof gibt mir die Antwort, die ich erwartet habe: »Metall sammeln kann jeder, wenngleich vielleicht nicht gerade in diesen Mengen. Es aber unbemerkt nach Afrika zu verschiffen, genau dafür braucht es jemanden mit Erfahrung, entsprechender Logistik, Kontakten, Equipment und einer Menge Geld. Sprich …«

»Der Boss!«, rufen Charles, Naomi und ich wie aus einem Munde.

Der Prof nickt. »So ist es. Es steckt die Organisierte

Kriminalität dahinter, die mittlerweile funktioniert wie ein Großkonzern. Allen voran, wie ihr richtig sagt, der Boss und Shionas Vater. Da schließt sich auch der Kreis zu den besorgniserregenden Werten in Hamburg und Berlin. Und wir gehen nicht davon aus, dass der Boss nebenbei einen offiziellen Recyclinghof betreibt ... Einen privaten Schrottplatz kann ich mir schon eher vorstellen. Die Mafia kümmert sich eben nicht um Umweltschutz, die interessiert nur das große Geld.«

Ich melde mich noch mal zu Wort: »Dass der Boss große Mengen an alten Elektronikgeräten nach Afrika verschiffen kann, okay, das ist gut möglich. Aber wie kommen diese Unmengen vorher zu ihm? Woher bekommt man derart viel ausgedientes Zeug? Ich meine, Leute, hundertfünfzig Millionen Kilogramm! Und wo und wie lagert man die, ohne dass sie sofort entdeckt werden? Das kann doch nicht sein!«

Naomi meldet sich zu Wort: »Allein schafft nicht mal der Boss das. Bestimmt hat er ein weitreichendes Netz an Gaunern und kleineren Händlern aufgebaut, die die ausgedienten Geräte auf Flohmärkten kaufen, bei Haushaltsauflösungen mitgehenlassen oder die Geräte direkt klauen.«

»Und wir müssen auch davon ausgehen, dass vielleicht der ein oder andere Kontrolleur in den Behörden der Abfallwirtschaft bestochen wurde«, bekräftigt der Prof Naomis Ausführungen. »Darum fliegen auch nicht alle illegalen Sammelstellen auf. Außerdem: Einen privaten Schrottplatz darf jeder betreiben. Und wo kann man besser elektronische Altgeräte verstecken, die eigentlich entsorgt gehören, aber weiterverkauft werden? Wozu für eine Sondermüllentsorgung viel Geld bezahlen, wenn man stattdessen mit den giftigen Altgeräten, Akkus und so weiter sogar noch Geld verdienen kann?«

Wir schütteln fassungslos die Köpfe. Das darf doch alles nicht wahr sein!

Aber der Prof ist noch nicht fertig: »Es geht auch um recht neue Geräte. Die Metalldiebstähle in Deutschland haben wieder zugenommen. Neulich erst sind in einem Büro hier in Hamburg nicht nur sämtliche Computer gestohlen worden, sondern im selben Raubzug auch gleich in der benachbarten Schule alle Tablets aus den Fachräumen und die Wasserleitungen des Kindergartens nebenan. Inklusive Dachrinnen.«

Wie bitte? Hab ich richtig gehört? »Diebstahl von Wasserleitungen und Dachrinnen?«, frage ich ungläubig nach.

»Ganz genau«, bestätigt der Prof. »Natürlich nicht diese billigen Plastikdinger, die an vielen Einzelhäusern angebracht sind. Nein, die klauen teure Dachrinnen aus Kupfer. Oder auch Rohrleitungen von Baustellen, bevor sie zu Wasserleitungen verbaut werden. In einem Wohnhaus haben sie sogar einfach den Hauptwasserhahn abgedreht und dann sämtliche Leitungen herausgerissen, die im Zuge einer Renovierung gerade neu eingesetzt worden waren.

Ihr seht: Der Preis für Metalle ist offenbar nicht zu verachten und steigt aktuell weiter an.«

Unser Auftrag ist klar. Was uns beim Waffenhandel leider nur beinahe gelungen ist, nämlich den beiden Obergangstern ihre kriminellen Taten stichhaltig nachzuweisen und sie ins Gefängnis zu bringen, sollen wir beim illegalen Handel mit elektronischen Altgeräten zu Ende bringen: ermitteln, verfolgen, beweisen, verhaften. Wobei: Verhaften dürfen wir niemanden, höchstens kampfunfähig machen. Verhaften darf nur die Polizei.

Der Prof fügt noch an: »Aber es geht eben nicht nur darum, den illegalen weltweiten Handel auffliegen zu lassen, sondern: Die Uhr tickt ... Wir müssen die schleichende Vergiftung unseres Trinkwassers stoppen. Das heißt, ihr müsst herausfinden, wo sich die Lecks befinden, an welchen Orten die Gifte in den Boden, ins Grundwasser und in die Flüsse sickern. Sprich: Wo sind die illegalen Sammelstellen?«

»Und Shionas Vater ...?«, deutet Naomi eine Frage an, die der Prof sofort beantwortet: »Der hat sich offenbar – im Auftrag des Bosses – zu einer Art ›Paten‹ des illegalen Elektronikhandels gemausert. Deshalb ist es gut und wichtig, dass ihr bei Shiona in der Musikgruppe bleibt und euch möglichst oft bei ihr trefft. Mir scheint, dort sitzt ihr im Zentrum des Logistikgeschäfts für illegalen Elektronikhandel.«

»Na, Hauptsache, Shionas Papi klaut uns nicht auch noch das Mischpult unterm Hintern weg!«, witzelt Naomi.

Aber der Prof ist alles andere als ein Spaßvogel. Zu Scherzen ist er eigentlich nie aufgelegt.

Charles und ich kichern trotzdem. Naomi dankt es uns mit einem Lächeln.

Also kein Spagat zwischen unserem neuen Auftrag und dem alten, Shionas Vater zu beschatten. Im Gegenteil: Es ist ein und derselbe Fall.

DIE JAGD GEHT WEITER

Shionas Vater zu beschatten, klingt leichter, als es ist. Um ein Haar hätten wir ihn und den Boss auf einem Fabrikgelände in Le Havre, in der Nähe von Paris, nämlich schon erwischt, weil wir ihn auf frischer Tat ertappt hatten. Er und der Boss waren vor Ort, als illegale Waffen auf Lkw verladen wurden. Ein Spezialeinsatzkommando der französischen Polizei führte eine Razzia durch, beschlagnahmte die Waffen und nahm alle Anwesenden sofort fest. Nur Shionas Vater und der Boss waren plötzlich wie vom Erdboden verschluckt. Obwohl ich sie Minuten vorher noch mit eigenen Augen gesehen hatte!

Auf irgendeine mysteriöse Weise war es den beiden buchstäblich in letzter Sekunde gelungen, zu verschwinden und unterzutauchen.

Und dabei ist es auch geblieben.

Shionas Vater ist noch vorsichtiger geworden, als er es ohnehin schon war. Jedenfalls ist er laut Shiona noch nicht wieder zu Hause aufgetaucht, seit wir aus Paris zurück sind. Nicht einmal sie weiß, wo er sich aufhält.

Sagt sie.

Allerdings steht sie mit ihm in Verbindung, auch das wissen wir, hat aber die strikte Anweisung, niemandem zu erzählen, auf welche Weise.

Wenn es per Telefon ist, bräuchten wir die Nummer von Shionas Handy oder am besten gleich das ganze Telefon, mit dem sie ihren Vater anruft, um ihn zu orten. Wenn es übers Internet geschieht, benötigen wir die E-Mail- oder IP-Adresse, um den Server ausfindig zu machen, über den er kommuniziert.

Vermutlich telefoniert Shiona aber über wechselnde Kartenhandys oder aus einem abhörsicheren Raum heraus. Vielleicht sogar über eigene Satellitentelefone. Alles denkbar.

Shiona weiß zwar nichts von den kriminellen Geschäften, denen ihr Vater nachgeht (das glaube ich jedenfalls), aber sie fragt auch nicht weiter nach, wenn ihr etwas komisch vorkommt (wie dass sie beispielsweise in abhörsicheren Räumen telefonieren muss). Sie weiß, mit all den schönen Dingen, die ihr Vater ihr spendiert, wäre sofort Schluss, wenn sie seinen Anweisungen nicht hundertprozentig Folge leisten würde.

Es muss uns also gelingen, an diese Kontaktmöglichkeit heranzukommen, ohne dass Shiona davon Wind bekommt.

Wir vermuten, dass ihr Vater die wesentlichen Geschäfte immer noch von seiner Villa aus abwickelt, selbst wenn er nicht anwesend ist. Und zu dieser Villa haben wir dank Shiona ständigen Zugang, weil dort in der oberen Etage sowohl unser Übungsraum als auch ihr privates Musikstudio untergebracht ist, in dem Shiona nun auf Teufel komm raus unsere erste CD produzieren will.

Die Besprechung mit dem Prof dauerte nicht mal eine halbe Stunde. Wir haben also noch genügend Zeit für eine kurze Lagebesprechung, wie wir konkret vorgehen wollen, bevor wir noch immer rechtzeitig zur Probe kommen.

Die erste Maßnahme, die wir beschließen, ist, Shionas Handy abzuhören und die Villa ihres Vaters zu verwanzen. Das Erste ist kein Problem. Jedes Handy ist abhörbar. Dem sind zwar einige Gesetze vorgelagert, die es zu beachten gilt, und die Überwachung darf nur mit ausdrücklicher gerichtlicher Genehmigung durchgeführt werden, aber hallo? Wir sind der Geheimdienst – und selbst innerhalb des Geheimdienstes geheim. Kurz, der Prof fragt nicht nach Gerichtsbeschlüssen, der Prof veranlasst es einfach. Wir werden über die Zentrale also Shionas Handygespräche mithören und aufzeichnen können.

Schwieriger wird es da schon, die Villa zu verwanzen. Ein Großteil des Gebäudes ist videoüberwacht. Und

Shionas Vater ist eben kein normaler Bürger, sondern ein Schwerstkrimineller, der weiß, wie er etwas verbergen und sich schützen kann. Seine Komplizen und Leibwächter sind jedem Fremden gegenüber äußerst misstrauisch, selbst uns Kindern, immerhin Shionas Freunde. Trotz allem muss es uns gelingen, ein paar Wanzen zu installieren.

Bevor wir die Zentrale verlassen, gehen wir noch schnell einen Raum weiter ins Materiallager. Nicht nur, um uns mit dem Abhörmaterial einzudecken, sondern auch, um den Bestand unserer Rucksäcke aufzufrischen. Für einen James Bond oder Ethan Hunt wäre es etwas uncool, immer einen Rucksack bei sich zu tragen. Aber das sind ja auch nur Filmfiguren. Für uns echte Agenten ist der Rucksack mit dem wichtigsten Equipment nicht nur äußerst nützlich, sondern fällt auch nicht auf. Denn ein Kind mit einem Rucksack ist ein ganz alltäglicher Anblick, nicht?

Allerdings müssen wir uns ein wenig vorsehen, wenn wir uns damit in die Höhle des Löwen begeben, sprich: in die Villa von Shionas Vater. Denn da kann es schon mal passieren, dass man zur Sicherheit abgetastet wird.

Trotzdem decken wir uns mit den wichtigsten Utensilien ein, vor allem mit Abhörwanzen und GPS-Chips, von denen wir so einige während des Paris-Einsatzes verbraucht haben. Auch benötigen wir neue Munition für unsere Luftdruckpistolen.

Im Lager stoße ich auf ein Regal mit Pressluftpatronen zum Tauchen. Ich stecke zwei Stück ein. Charles mustert mich fragend mit hochgezogenen Augenbrauen.

»Da ich auf dem Weg nach Paris schon einmal über Bord gegangen bin, kann es nicht schaden«, erkläre ich Charles grinsend. Das sind natürlich keine riesigen Druckluftflaschen, wie Tiefseetaucher sie benutzen. Es handelt sich praktischerweise um kleine Mundstücke, an denen Kapseln in der Größe einer Patronenpumpe, wie es sie für Fahrräder gibt, befestigt sind. Die Luft reicht, um maximal drei Minuten unter Wasser zu bleiben.

»Hey, look!«, ruft Charles plötzlich und hält uns durchsichtige Socken entgegen.

Beim genaueren Hinsehen erkenne ich, dass es keineswegs Socken sind, sondern die Gecki-Überzieher für die Schuhe, die mir in der Bank so sehr gefehlt haben. Offenbar sind sie jetzt einsatzbereit. Na toll! Damit hätten die aber auch mal früher fertig werden können.

»Ich find die super«, sagt Naomi. Ich drehe mich zu ihr um, sehe sie aber nicht.

»Hier bin ich«, ruft sie.

Ich lege den Kopf in den Nacken. Naomi klebt über mir an der Decke. Das ist schon eine irre Erfindung, denke ich gerade, doch da …

»Hey!«, schreit Naomi auf und plumpst von der Decke wie ein überreifer Apfel vom Baum. Zum Glück hat sie an der Akademie auch das Hinfallen perfekt gelernt. Katzengleich wendet sie sich in der Luft und kommt auf allen Vieren auf dem Boden auf, ohne sich wehzutun.

»Was … war das denn?«, fragt sie verdutzt.

»Hier im Raum es ist zu warm«, erklärt Charles. »Ab 23 Grad Celsius die Haftung verliert an power.«

»Was?«, empört sich Naomi. »Das hätten die aber auch mal draufschreiben können!«

Sie putzt sich verärgert die Hose sauber und steht wieder auf.

Wir stecken jeder ein paar Gecki-Socken ein.

»Haben wir alles?«, fragt Charles.

Naomi und ich nicken, und wir machen uns auf den Weg zu Shiona.

Wie immer müssen wir uns am Eingangstor der Familienvilla erst einmal von der Videokamera begutachten lassen, dann den Gartenweg entlangschreiten, an der massiven Haustür läuten, uns von dem Leibwächter, den wir unter uns immer nur den »Gorilla« nennen, öffnen, uns befragen und nochmals begutachten lassen, ehe wir hinaufdürfen in die dritte, die oberste Etage, die Shionas Popmusikreich ist. Unsere Agentenrucksäcke haben wir auf dem Weg hierher sicherheitshalber in einem Park versteckt und nur die kleinen Abhörwanzen dabei, die wir platzieren wollen.

Obwohl wir überpünktlich sind, empfängt Shiona uns

in ihrem Studio wie immer überaus hektisch, als würde sie bereits seit Stunden vergeblich auf uns warten: »Da seid ihr ja endlich!«

Ich schaue auf die Uhr. Zehn Minuten vor der verabredeten Zeit.

»Kati und ich haben schon mal angefangen«, verkündet Shiona.

Was uns sehr verwundert.

»Womit?«, fragt Naomi. Sie weiß so gut wie Charles und ich, dass Shiona, die nur mittelmäßig singen kann, und ihre beste Freundin Kati, die sehr schlecht Bass spielt, niemals allein so etwas wie einen Song hinbekämen, geschweige denn einen, der für eine CD-Aufnahme taugen könnte.

Auch ich habe nur im Schnellverfahren im Auftrag des Geheimdienstes gelernt, mehr schlecht als recht eine E-Gitarre spielen zu können. Lediglich Charles beherrscht sein Instrument. Er ist ein wirklich guter Schlagzeuger. Um aus unserem stümperhaften Geklimper etwas halbwegs Hörbares zu machen, muss Naomi am Mischpult all ihr Können und ihre Kreativität aufbieten. Sie bearbeitet unsere Aufnahme digital und elektronisch und fügt vom Chor bis zu weiteren Begleitmusikern alles noch hinzu. Naomi bekommt das hin. Aber die beiden Tussis?

»Na ja«, antwortet Shiona. »Wir haben mal etwas komponiert. Also, den Anfang.«

Ich bekomme einen Hustenanfall. Bitte was?

Naomi aber bleibt cool. »Okay«, sagt sie. »Lasst mal hören.«

Kati beginnt mit dem Bass. Sie spielt drei Töne. Bum-bum-bum.

Dann geht es von vorn los. Die gleichen drei Töne. Bum-bum-bum.

Naomi, Charles und ich warten. Aber da kommt nichts mehr. Immer nur diese drei gleichen Töne. Bum-bum-bum.

»Äh ... und?«, wage ich zaghaft zu fragen.

Shiona glotzt mich mit Unverständnis im Blick an. »Wie: ›Und?‹ Was meinst du?«

»Na ja«, versuche ich zu erklären. »Wie geht's weiter?«

»Mehr haben wir noch nicht«, gesteht Shiona. »Ich hab doch gesagt, wir haben erst den Anfang. Aber ist das nicht ein genialer Rhythmus? Ich meine, da kann man doch voll drauf rappen!«

»Öh ...« Mehr bringe ich nicht heraus.

»Ja«, schwindelt Naomi. »Voll super! Hat schon viel Schönes. Los, an die Arbeit!«

Sie zwinkert mir zu und setzt sich tatenfroh ans Mischpult. Charles und ich haben verstanden. Mit der Aufforderung hatte Naomi keineswegs Shiona und die Musik gemeint, sondern Charles und mich.

Wir sollen loslegen, das Haus zu verwanzen.

Also ran an die Instrumente und gemeinsam den »brillanten« Anfang eingespielt. Dann hat Naomi erst mal zu tun und wir können uns mithilfe irgendeiner fadenscheinigen Ausrede eine Weile verdünnisieren.

Bloß: Wie stellen wir das Verwanzen an?

Bei meinem ersten Besuch damals war es mir gelungen, zwei Limousinen, die im Innenhof parkten, mit GPS-Sendern zu versehen. Das hatte uns bei der Verfolgung des illegalen Waffengeschäfts enorm geholfen.

Danach aber haben die Sender lange keine Bewegung mehr gemeldet. Nachforschungen der Zentrale haben ergeben, dass der Boss und Shionas Vater offenbar aus Sicherheitsgründen regelmäßig ihre gesamte Autoflotte austauschen. Die beiden verwanzten Limousinen jedenfalls stehen seit geraumer Zeit bei einem Gebrauchtwagenhändler in Paris zum Verkauf. Die Sender hat die Zentrale mittlerweile deaktiviert. Und wir fangen von vorn an.

Dieses Mal also muss ich keine GPS-Sender in Autos verstecken, sondern Abhörwanzen in dieser Villa, in der der »Gorilla« mehr auf dem Posten ist als der beste Wachhund – den es natürlich zusätzlich gibt.

Hier oben das Studio zu verwanzen, wäre kein Problem, würde uns aber nichts nützen. Ich muss ins Arbeitszimmer von Shionas Vaters gelangen. Ein Ding der Unmöglichkeit. Eher könnte ich versuchen, in die Bank von England einzubrechen.

Doch es muss einfach gehen.

Irgendwie.

Da habe ich eine Idee. Bei meinem letzten Verwanzauftrag musste ich mich im Foyer verstecken. Plötzlich war die Tür aufgegangen, und ein riesiger Dobermann stürmte herein. Er hat mich nur deshalb nicht aufgespürt, weil seine Freude über die Rückkehr seines Herrchens größer war. Es war der Hund von Shionas Vater.

Ich habe bisher kein Bellen gehört.

Aber das will nichts heißen.

Wie heißt der Sinnspruch noch gleich? »Hunde, die bellen, beißen nicht.« Bei diesem Ungetüm ist es vermutlich umgekehrt: Der bellt nicht, der beißt sofort.

Ich bin mir sicher, der ist noch im Haus, auch wenn sein Herrchen sich irgendwo in Europa versteckt hält.

Vor nichts habe ich mehr Angst als vor großen Hunden. Das ist mir in der Agentenakademie wieder schmerzlich bewusst geworden. Denn leider hatten wir auch Unterricht darin, uns gegen scharfgemachte Wachhunde zur Wehr zu setzen beziehungsweise sie unschädlich zu machen, meist mit Betäubung.

Jedes Mal haben mir die Knie geschlottert.

»Hunde riechen die Angst«, hat unser Ausbilder mich gewarnt.

Ja, toll. Und was sollte ich daraus schlussfolgern? Angst kann man überwinden, aber nicht abstellen wie zu laute Musik.

Blut und Wasser habe ich geschwitzt, ehe das Betäubungsmittel wirkte.

Aber es hat jedes Mal geklappt.

Auf diese Weise könnte ich doch auch hier …

»Hey, Billy!«, reißt mich Shiona aus meinen Gedanken. »Was ist los mit dir? Wir wollen das Stück proben. Wo ist deine Gitarre? Wieso bist du nicht bereit?«

»Sorry«, entschuldige ich mich.

Hinten in der Ecke des Studios stehen fünf verschiedene E-Gitarren spielbereit. Dafür hat Shiona gesorgt. An Geld mangelt es ihr ja nicht. Ich eile also in die Ecke, schnappe mir eine metallicrot glänzende Gitarre, hänge sie mir um die Schulter, schließe sie an den Verstärker an, prüfe, ob sie richtig gestimmt ist, montiere den Kapodaster am dritten Bund und frage sicherheitshalber noch mal nach: »G-Dur, oder?«

Shiona nickt.

»Dann bin ich bereit!«

»Wird auch Zeit«, kommentiert Shiona schnippisch.

»Sag mal«, unterbreche ich Charles, der gerade mit seinen Sticks bis vier anzuzählen beginnt.

»WAS?«, fragt Shiona entsprechend genervt.

»Habt ihr eigentlich euren Hund gar nicht mehr?«

»Hä?«, fragt Shiona. »Wen interessiert das denn jetzt?«

»Tschuldigung«, sage ich. »War mir nur gerade so eingefallen, weil ich ihn noch gar nicht gehört habe. Der war ja echt hübsch.«

»Doch«, antwortet Shiona knapp und gereizt. »Wir haben ihn noch. Er darf sich aber nur im Erdgeschoss oder auf dem Gelände draußen aufhalten. Zufrieden? Sonst noch was? Oder können wir jetzt?«

»Wir können, wir können«, sage ich schnell. »Sorry!«

Shiona schüttelt verächtlich den Kopf, seufzt einmal laut ins Mikro, nickt Charles zu.

Der beginnt wieder zu zählen: »One, two, three, four.«

Mein Einsatz: G, Em, C, D, G. Es ist die Akkordfolge eines meiner Lieblingssongs, der wie so viele Lieder mit nur vier Akkorden auskommt: »Stand By Me«. Ein ur-ur-altes Stück. Aber wir spielen eher »Perfect« von Ed Sheeran nach. Ist die gleiche Akkordfolge.

Meine Gedanken aber bleiben bei meiner Idee: die Abhörwanze in der Höhle des Löwen zu installieren. Und das heißt konkret: im Halsband des Dobermanns!

Aber ich habe kein Betäubungsmittel dabei. Wir haben ja nicht einmal unsere Rucksäcke mit hier reingenommen, weil wir befürchteten, dass der »Gorilla« unsere Taschen durchsucht. Und selbst, wenn ich das Mittel hätte: Ich kann schlecht unter Anwesenheit der ganzen Bodyguards hier im Haus den Dobermann narkotisieren.

Es hilft nichts, ich muss dem Riesenungeheuer ja Auge in Auge gegenüberstehen, um ihm das Ding ins Halsband zu schmuggeln.

Und zwar in der nächsten Pause.

Autsch! Shiona singt gerade so schief daneben, dass mir die Ohren pfeifen. Zum Glück bin ich dabei nicht aus dem Takt geraten. So, Schlussakkord, und dann ist Naomi dran, aus unserem Getöse etwas Annehmbares zu machen.

Zeit für mich, dem Dobermann einen Besuch abzustatten. Ich mache das allein, das geht schneller. Charles kann hier oben bleiben.

Den ersten Take haben wir runtergespielt.

»Und?«, fragt Shiona verheißungsvoll Richtung Naomi.

Naomi hebt tapfer den Daumen. »Sehr schön!«, schwindelt sie. »Ich peppe das noch ein wenig auf.«

Ein wenig! Was für ein Witz. In Wahrheit braucht sie unsere Band eigentlich gar nicht, sondern komponiert und arrangiert den gesamten Song an ihrem Computer aus Hunderten Versatzstücken, die ihr in ihrer Software zur Verfügung stehen. So ganz nebenbei hat die Zentrale ihr nämlich eine Reihe von wirklich guten Takes von Profimusikern anfertigen lassen. Mann, wenn wir Naomi nicht hätten!

»Dann machen wir kurz Pause. Ich muss mal aufs Klo«, sage ich.

Charles schaut zu mir rüber. Ich nicke und zwinkere ihm zu, um ihm deutlich zu machen, dass ich das schnell allein erledige. Ich glaube, bei zwei Fremden würde der Hund erst recht ausflippen.

»Aber renn' nicht wieder durchs halbe Haus«, ruft

Shiona mir hinterher. »Das letzte Mal fand mein Vater das gar nicht witzig.«

»Schon klar«, antwortete ich. »Aber dein Vater ist doch gar nicht da, oder?«

Das wär ja ein Ding, wenn der hier wäre.

»Nein«, bestätigt Shiona, »aber trotzdem.«

»Wann kommt er denn zurück?«, frage ich arglos. »Und wo ist er überhaupt?«

Shiona schaut mich mitleidig an: »Hab ich euch nicht schon gesagt, dass ich das nicht erzählen darf? Außerdem weiß ich es selbst nicht. Er meldet sich, bevor er kommt.«

Immerhin. Interessant. Wenn wir das über Shionas Handy mitbekommen, werden wir ihn gebührend willkommen heißen.

Ich verlasse das Studio und gehe erst mal auf derselben Etage Richtung Klo. Auf halbem Wege aber stoppe ich. Ich muss runter ins Erdgeschoss und herausfinden, wo der Hund steckt. Und dann … Ja, was dann? Ich habe noch keine Idee, wie ich es anstellen soll, dass das Riesenvieh mich nicht umbringt, sondern sich brav etwas in sein Halsband stecken lässt.

Oh Mann, ich bekomme schon wieder Schweißausbrüche.

Hunde riechen die Angst! fällt mir sofort wieder ein. Scheiße.

Ich verlasse mich auf mein Improvisationstalent und

gehe die Treppe hinunter ins Erdgeschoss. Bin gespannt, wem ich zuerst über den Weg laufe, dem »Gorilla« oder dem Dobermann. Ich weiß nicht, wer von beiden schlimmer wäre.

Unten angekommen, habe ich mehr Glück als erhofft. Ich habe noch nicht einmal die Treppe verlassen, da sehe ich im Foyer schon die Hundeleine an der Garderobe hängen. Und daneben: das Halsband! Ungewöhnlich. Trägt ein Hund sein Halsband nicht eigentlich immer? Ich versuche mich zu erinnern, wie es war, als ich dem Dobermann das erste Mal begegnet bin. Doch! Der trug sein Halsband auch im Haus. Daraus schließe ich, dass das Halsband nur ausnahmsweise am Haken hängt. Keine Ahnung, warum. Vielleicht wird der Hund gerade gebadet? Oder ein Tierarzt ist im Haus? Oder … Ich hab keine Ahnung.

Nachdem ich genau geprüft habe, dass ich allein bin und auch keine Schritte zu hören sind, gehe ich zur Garderobe und betrachte das Halsband genauer. Vielleicht ist es das alte und wurde durch ein neues ersetzt? Oder ein Ersatzhalsband? Nein, die aktuelle Hundemarke baumelt daran. Dann muss es das Halsband sein, das der Hund normalerweise trägt, mindestens dann, wenn jemand mit ihm das Haus verlässt.

Und so, wie der Hund Shionas Vater seinerzeit begrüßt hat, gehe ich stark davon aus, dass er sich oft in unmittelbarer Nähe seines Herrchens aufhält.

Also los. Die Gelegenheit ist günstig wie nie. Die Hundemarke ist in einen mit Diamanten bestückten Lederanhänger eingefasst. Diese Extravaganz macht es mir leicht, meine Miniatur-Abhörwanze zu verstecken. Ich lasse sie unsichtbar zwischen Anhänger und Marke verschwinden. Immer, wenn sich der Dobermann jetzt in Herrchens Nähe aufhält, kann ich hören, was Herrchen so erzählt.

Ich schaue mich noch einmal zu allen Seiten um. Dann renne ich auf leisen Sohlen schnell wieder hinauf ins Studio zu den anderen.

Als ich oben ankomme, ist die kleine Pause gerade beendet. Naomi hat unser Geschrammel neu arrangiert und abgemischt.

»Gut, dass du wieder da bist«, sagt Shiona. »Naomi ist fertig. Spiel es ab.«

»Alles paletti«, sage ich. »Das ging schnell.«

Naomi begreift, dass ich damit nicht ihre Arbeit meine, sondern dass ich meinen Auftrag erfolgreich ausführen konnte.

Sie lächelt mir zu und spielt uns ihr Werk vor.

Obwohl ich weiß, mit welchen Tricks sie arbeitet, bin ich erstaunt. Es hört sich nun wirklich wie ein richtig gutes Musikstück an.

Auch Shiona ist begeistert. Sie klatscht in die Hände. »Genug für heute. Morgen machen wir dann weiter, okay? Um drei Uhr hier. Pünktlich!«

Alle sind einverstanden.

Außer, dass Shionas Vater wirklich nicht zu Hause zu sein scheint und Shiona offenbar tatsächlich nicht weiß, wo er sich aufhält oder wann er zurückkommt, erfahren wir bei unserem Besuch im Studio nichts Neues.

Aber ab jetzt sind wir gewappnet.

»Während wir warten auf ein Signal von die Gangster«, sagt Charles auf dem Rückweg, »wir vielleicht sollten verfolgen den Weg der Ware?«

»Du meinst, dahin, wo die alten Computer und so weiter gesammelt werden?«, frage ich.

Charles nickt. »Yes. Sollten wir nicht schauen, wie das kriminelle Sammelnetzwerk funktioniert? Von ganz unten. Und so wir finden vielleicht den Weg der Ware zu einem vergifteten Schrottplatz und zu Shionas Daddy und dem Boss?«

Naomi greift eifrig Charles' Vorschlag auf. »Man müsste Kontakt zu Leuten aufnehmen, die Metalle sammeln. Oder noch besser: Leute, die ihre alten Computer oder Handys entsorgen. Die kommen doch nicht alle auf die … wie heißt das bei euch?«

»Recyclinghöfe?«, helfe ich.

»Genau«, bestätigt Naomi mich. »Auf irgendwelchen Wegen landen die in den Lagern von Shionas Vater.«

Es stimmt, das könnte ein guter Weg sein, um herauszufinden, wie diese Unmenge an Elektroschrott zusammenkommt, die nach Afrika verschifft wird.

Naomi legt nach: »Man könnte sich in der Schule umhören. Da gibt es bestimmt viele, die ihre alten Handys verscherbeln. Oder? Das wäre deine Aufgabe, Liam.«

Wenn wir unter uns sind, nennt Naomi mich bei meinem Agentennamen. Denn so hat sie mich kennengelernt. Wenn man so will, ist »Liam« für Naomi mein richtiger Name. Und mein eigentlich richtiger Name – Billy – für sie mein Agentenname, weil ich darunter bei Shiona auftrete. Manchmal schon ganz schön verdreht, unsere Agentenwelt.

In der Tat bin ich von uns dreien der Einzige, der sich in der Schule umhören könnte. Das ist nämlich das Gemeine: Da wir momentan in Deutschland nach dem Boss und Shionas Vater suchen, muss ich täglich zur Schule gehen, während Charles und Naomi eine Zeitlang vom Unterricht befreit sind. Da Charles aus London und Naomi aus Paris kommt, hat der Geheimdienst bei denen zu Hause dafür gesorgt.

Voll ungerecht! Aber was soll ich machen?

Ab morgen werde ich mich dort also mal umhören. Vielleicht weiß sogar Murat etwas?

Für heute ist aber erst einmal Feierabend. Also, zumindest, was die Agententätigkeit betrifft. Für die Schule muss ich tatsächlich noch versäumte Hausaufgaben nachholen. Auch das noch. Naomi und Charles wollen unterdessen ein Eis essen gehen.

»Nix da!«, widerspreche ich. »Ich habe die Abhörwanze im Halsband des Ungeheuers versteckt. Jetzt muss auch jemand die Aufnahme abhören. Wenn ihr wollt, könnt ich euch ja im Supermarkt ein Eis kaufen und mitnehmen. Aber auf jeden Fall geht ihr in die Zentrale und hört die Wanze ab.«

»Zu zweit?«, mault Naomi. »Das ist doch Verschwendung. Wir wechseln uns ab. Charles übernimmt die erste Schicht. Von jetzt bis Mitternacht.«

»What?«, fragt Charles entsetzt. Doch zu spät, Naomi verabschiedet sich schon. »Bis morgen dann, Liam. Charles, bis heute Nacht, wenn ich zur Ablösung komme. Au revoir!«

»Bye«, sage ich schnell und bin auch weg. Pech gehabt, Charles.

Zu Hause bei meinen Eltern werde ich mit einer kleinen Überraschung empfangen. Mein Vater sitzt am Tisch, vor ihm liegen eine zerfledderte Plastikpackung und ein paar Einzelteile. Als er mich kommen sieht, hebt er den Kopf, begrüßt mich freudig und sagt: »Schau, endlich ein neues Handy.«

Ich bleibe verdutzt stehen. Und weiß im ersten Moment nicht, wie ich darauf reagieren soll. Hatte ich ihm nicht ausdrücklich gesagt, das Geld solle für nichts anderes als für die Miete ausgegeben werden? Und nach allem, was ich heute Mittag beim Prof über die Entsorgung von Altgeräten erfahren habe, zuckt es mir beim Anblick eines neuen Smartphones kräftig durch den Magen.

»Wozu das denn?«, entfährt mir meine Frage unfreundlicher, als ich sie beabsichtigt hatte.

»Freust du dich nicht? Sieh mal, total cooles Teil«, antwortet mein Vater, sichtlich enttäuscht von meiner Reaktion. »Also früher …«

»Papa!«, unterbreche ich ihn. »Ich hab doch gesagt, dass ihr das Geld …«

»Keine Sorge, Billy.« Meine Mutter kommt in die Küche dazu. »Das ist nicht von deinem Geld gekauft.«

»Sondern?« Ich gebe zu, ich bin verblüfft. Ich weiß, dass meine Eltern kein Geld haben. Und auch nicht damit umgehen können, wenn sie mal welches in die Hände bekommen. Trotz der insgesamt recht großzügigen Zuwendungen durch den Geheimdienst ist das Konto meiner Eltern jeden Monat bestenfalls auf Null; meistens etwas darunter, also im Minusbereich.

»Papa hat einen neuen Job!«, berichtet meine Mutter freudestrahlend, während sie zum Herd geht. »Es ist noch Gulasch da. Möchtest du?«

»Gern«, sage ich. »Einen neuen Job?«

Mein Vater nickt und grinst übers ganze Gesicht.

»Was denn? Wo denn?« Oh Mann, alles muss man ihnen aus der Nase ziehen …

Meine Mutter holt einen Teller aus dem Küchenschrank und füllt mir eine Kelle voll Gulasch auf. »Soll ich Nudeln dazu machen?«, fragt sie. »Es ist aber auch noch Reis übrig. Allerdings kalt. Oder möchtest du Karto…«

»Mama!«, unterbreche ich sie. »Was für einen neuen Job? Wo? Und ab wann?«

»Ab morgen schon«, antwortet mein Vater. Dann schaut er auf seine Armbanduhr und stellt fest: »Ob du's glaubst oder nicht, ich muss gleich zu Bett.«

»Es ist halb acht«, stelle ich klar.

»Eben«, kontert mein Vater. »Fünf Uhr aufstehen, fünf Uhr dreißig aus dem Haus, sechs Uhr Dienstbeginn. Das hatte ich seit Jahren nicht.«

»Sechs Uhr?«, wiederhole ich. »Wo denn bloß?«

»Na, bei der Stadtreinigung«, antwortet mein Vater, als hätte er es mir schon dreimal erzählt. »Vier Wochen auf dem Wagen, danach auf dem Recyclinghof. Da muss ich dann erst um acht anfangen. Zwei Stunden länger schlafen!«

Ich glaub's nicht!

Doch im selben Moment dämmert es mir.

Recyclinghof? Aber auch die Arbeiter bei der Stadtreinigung sind Fachkräfte. Ausbildungszeit drei Jahre. Mein Vater hat keine solche Ausbildung.

»Na, die brauchen eben auch Hilfsarbeiter«, erklärt mein Vater. »Und ich kann mich innerbetrieblich weiterqualifizieren.«

»Super«, sage ich anerkennend und freue mich wirklich darüber. Nicht nur wegen unseres Geheimdienstauftrags. Ich bin mir sicher, dass der neue Job meines Vaters nicht purer Zufall ist. Unsere Zentrale muss im Hintergrund daran gedreht haben, dass mein Vater ausgerechnet jetzt, nach jahrelanger Arbeitslosigkeit, genau diesen Job bekommen hat.

»Ich konfiguriere nur noch rasch mein neues Handy, dann geh ich schlafen«, kündigt er an.

Eine Frage bewegt mich aber doch noch: »Sag mal, wenn du morgen erst anfängst, dann kannst du doch aber noch kein Gehalt bekommen haben?«

»I wo«, sagt mein Vater. »Das Handy war ein Angebot: heute kaufen, nächsten Monat zahlen. Passt doch.«

»Ne, is klar, Papa.«

Ich widme mich meinem Gulasch und denke darüber nach, dass ausgerechnet mein eigener Vater mein erster Informant in dieser Sache werden könnte. Und das offenbar von der Zentrale eingefädelt.

Doch ich muss vorsichtig sein. Mein Vater muss mir Informationen liefern, ohne dass er auch nur im Geringsten ahnt, dass ich ihn ausfrage oder woran wir YOUNG AGENTS gerade arbeiten.

»Vielleicht komme ich mal mit und schaue mir an, wie dein neuer Arbeitsplatz aussieht, Papa«, schlage ich motiviert vor und füge schnell etwas kleinlaut hinterher: »Natürlich nur, wenn das geht.«

»Wirklich? Das interessiert dich? Gern!«, freut sich mein Vater. »Das geht bestimmt. Das regle ich schon.«

»Schön«, sage ich.

Mein Vater und etwas regeln. Guter Witz. Aber den behalte ich lieber für mich. Geregelt hat das bestimmt längst die Zentrale.

ALTE HANDYS, NEUE SPUR

Müüüüüüüüüde! Ich bin ständig am Gääääääähnen! Aber ich muss durchhalten. Einem Gangster eine Abhörwanze unterzujubeln, das mache ich gern. Es ist spannend, gefährlich, aufregend. Aber die aufgenommenen Abhörbänder durchzuhören und auszuwerten ist extrem – gääääääähn – öde und langweilig. Da so gut wie keiner von uns YOUNG AGENTS weiß, weil es uns ja offiziell gar nicht gibt, haben wir natürlich auch keine Mitarbeiter, die diese Aufgabe für uns erledigen. Also müssen wir immer, wenn wir eine Wanze installieren, die Auswertung höchstselbst vornehmen. Das dauert Stunden. Egal, was gesagt wird und wann: Es verursacht ein akustisches Signal, das die Wanze aufnimmt und speichert. So befinden sich alle diese Gespräche oder auch nur Geräusche auf einer leistungsfähigen Festplatte, die in der Zentrale beim Prof lagert und auf die wir drei – Naomi, Charles und ich – jederzeit Zugriff haben, entweder vor Ort oder per geheimer Datenleitung.

Charles hatte also etwas unfreiwillig die erste und längste Schicht bis Mitternacht übernommen. Naomi von Mitternacht bis nachts um drei. Von drei Uhr bis jetzt – sechs Uhr morgens – bin ich dran. Gleich muss ich sowieso aufstehen und zur Schule gehen. Das einzig Gute: Ich muss zum Abhören nicht in die Zentrale, sondern kann das in meinem Zimmer erledigen, wo ich seit drei Stunden auf meinem Bett sitze und zuhöre – und zwischendurch immer wieder einschlafe. Ich höre nicht live, sondern zeitlich versetzt. Der Teil, für den ich verantwortlich bin, liegt drei Stunden zurück, betrifft also etwa die Zeit von Mitternacht bis drei Uhr morgens. Und da passierte fast nichts.

Das Erste, was mir auffiel: Vielleicht war die Idee mit dem Hundehalsband doch nicht so brillant. Denn jedes Kläffen des Dobermanns ist natürlich auch mit drauf. Zu Beginn der Auswertung setzte ich mir ganz unbedacht die Kopfhörer auf, drückte auf die Playtaste, um die Audiodatei anzuspielen, ohne zu bemerken, dass ich auf volle Lautstärke gestellt hatte. Boah, ich dachte, mir fliegen die Ohren weg, als das Riesentier plötzlich losbellte. Ich hab mir die Hörer vom Kopf gerissen und hatte echt Sorge, dass ich das Pfeifen in den Gehörgängen nie mehr loswerde. Aber zum Glück ließ das recht schnell nach. Ich habe dann lieber etwas behutsamer abgehört.

Nach fast zwei Stunden aber noch immer nichts Interessantes. Rein gar nichts.

Nur gleich kurz nach Mitternacht ein »Hier kommt dein Fressi, Fressi«!«, ein »Ja fein, wir gehen noch mal raus« und wieder Gekläffe, gefolgt von einem unangenehmen Geräusch, bei dem ich hoffe, dass der Dobermann nicht gerade ein Kaninchen killt. Aber genau so hörte es sich an.

Dann der Hund wieder rein. Plötzlich Shionas Stimme, die anfängt zu quasseln und, wie ich nach einer Weile fürchte, nie mehr damit aufhört. Ich konnte die Zeit in der Audiodatei ja ablesen: Um kurz vor halb eins nachts quasselte sie fünfzehn Minuten und sechsunddreißig Sekunden lang ohne Punkt und Komma auf jemanden ein. Ich frage mich, wer ihr so lange zuhört. Der Gesprächspartner war nämlich nicht ein Mal zu hören. Ich vermute, sie hat mit Kopfhörern mit jemandem über ihr Handy gesprochen. Lag der Dobermann also in ihrem Zimmer? Und mit wem hat sie um die Uhrzeit gesprochen? Ihr Vater scheint es leider nicht gewesen zu sein, wenn ich das Gesagte richtig auswerte. Eher irgendeine Freundin aus ihrer Schickeria-Gemeinde. Ich kann jetzt schon nicht mehr sagen, worüber Shiona eigentlich genau gesprochen hat, so belanglos war all das Gerede: von der Schule, von Frisuren, von unserer neuen CD, von irgendwelchen Bühnenklamotten (welche Bühne?!?!), vom Gesangsunterricht und, und, und.

Bloß nichts über ihren Vater, verdammt.

Dann muss der Dobermann Shionas Zimmer verlassen haben, denn plötzlich war der Leibwächter-Gorilla zu hören, offenbar im Gespräch mit einem Kollegen. Aber da ging es nur um ihre Schichtdienste und ihre freien Tage. Auch die beiden verloren kein Wort über ihren Chef.

Ich muss sagen, nachts ist in der Villa ganz schön was los.

Wieso schlafen die alle nicht, einschließlich des Hundes?

Offenbar lebt man in einer Schwerverbrecher-Villa einen ganz anderen Tagesablauf.

Es gingen weder Anrufe raus, noch kamen welche rein. Klar, war ja mitten in der Nacht.

Dann aber passierte etwas. Allerdings nicht in der Villa, sondern bei mir. Meine Zimmertür öffnete sich. Es muss so um fünf Uhr heute Morgen gewesen sein. Ich hab's gar nicht bemerkt – kein gutes Zeichen für einen Agenten –, bis mir meine Mutter auf die Schulter tippte. Instinktiv hab ich mir die Kopfhörer vom Kopf gerissen, bin aufgesprungen und mittels einer gekonnten Flugrolle in die Ecke meines Zimmers gehechtet. Erst dann sah ich in das erschrockene Gesicht meiner Mutter, die mich besorgt fragte: »Was ist denn mit dir los?«

Das Problem dabei ist: Es war zwar nur meine Mutter, aber es hätte auch jemand ganz anderes, ein Einbrecher zum Beispiel, sein können – ich hätte auch sein Eindringen nicht bemerkt. Unverzeihlich!

Ich hatte ganz vergessen, dass mein Vater heute um fünf Uhr morgens aufstehen muss. Meine Mutter war davon ebenfalls wach geworden und hatte in meinem Zimmer Licht bemerkt. Sie wollte eigentlich nur nachsehen, warum. Meine Mutter tätschelt mir den Kopf: »Na, eine Stunde kannst du noch schlafen. Dann mach mal jetzt das Licht aus.« Dann verlässt sie wieder mein Zimmer.

Das war vor einer Stunde. Gleich mache ich Schluss. Technisch wäre unser Geheimdienst natürlich dazu in der Lage, eine Stimmerkennung einzubauen, sodass die Wanze nur dann Gespräche aufnimmt, wenn das Computerprogramm die Stimme von Shionas Vater oder die des Bosses identifiziert. Aber leider liegt uns von keinem der beiden ein Stimmabdruck vor.

Je länger ich in die Datei hineinhöre, desto langweiliger wird sie mir. Ich überlege, ob …

Halt!

Wie elektrisiert springe ich auf.

Da war doch was!

Ich stoppe die Datei, setze sie dreißig Sekunden zurück und – lausche.

Nichts.

Ich lausche weiter.

Immer noch nichts.

Aber bestimmt gleich. Muss ja, ich hab's doch gehört.

Ich schaue auf den mitlaufenden Timecode. Mittlerweile ist er wieder da angelangt, wo ich gestoppt habe.

Bis hierhin nichts Auffälliges.

Das gibt's nicht!

Ich habe doch eben was gehört.

Und zwar die Stimme von Shionas Vater!

Ich bin doch nicht blöd.

Noch weitere drei Mal höre ich die Sequenz ab.

Nichts.

Ich bin übermüdet, habe schon Halluzinationen. Ich mache jetzt wirklich Schluss. Morgen geht's weiter. Aber dann ist erst mal wieder Charles dran.

Obwohl ich schon in einer Stunde wieder aufstehen muss, lasse ich mich aufs Bett fallen wie ein Stein und schlafe sofort noch mal ein.

Eineinhalb Stunden später auf dem Weg zur Schule habe ich dann tatsächlich eine Idee, wie wir dem Netzwerk vom illegalen Handel mit alten Elektrogeräten vielleicht auf die Spur kommen könnten. Dreh- und Angelpunkt ist die Schule, und zwar heute Morgen. Muss ich ja sowieso hin – leider. Nicht, dass ich nicht gern lerne. Die drei Jahre Agentenakademie zum Beispiel haben mir extrem viel Spaß gemacht. Aber ob man gern zur Schule geht oder nicht, hängt eben doch stark davon ab, ob und welche Freunde man dort findet. Meine Freunde sind YOUNG AGENTS. In der normalen Schule habe ich dafür keine. Es wäre zu gefährlich: Ich könnte mich ihnen gegenüber verplappern und so das gesamte europäische YOUNG-AGENTS-Programm »Milestone« gefährden. Oder sie würden von selbst etwas herausbekommen. Unser Projekt aber ist superstrenggeheim und muss das unter allen Umständen auch bleiben. Also: Lieber keine Freunde an der normalen Schule, auch wenn es schwerfällt.

Dafür habe ich Feinde an der Schule. Genauer gesagt einen: Gonzo. Der nervt. Nicht nur mich, aber eben auch und besonders mich. Und ich darf mich nicht wehren, weil auch das meine Agententätigkeit verraten könnte.

Umso schöner, dass es mir vor Kurzem mal gelungen ist, Murat auf ihn zu hetzen, der ihm eine Tracht Prügel verpasst hat, ohne dass ich einen Finger rühren musste.

Darum auch das blaue Auge. Und um das zu verbergen, trägt Gonzo an diesem Morgen mal wieder seine dunkle Sonnenbrille. Er hat Glück. Heute scheint tatsächlich die Sonne, und seine Brille wirkt nicht völlig deplatziert.

Gonzo steht vor dem Schultor und scheint auf jemanden zu warten. Ich befürchte, mal wieder auf mich. Och nö!

Ich überlege, ob ich mich hintenrum in die Schule schleichen sollte. Brutaler Umweg, aber um Gonzo zu meiden, bin ich fast bereit, ihn zu gehen. Andererseits fällt mir meine Idee von eben wieder ein. Klar! Warum nicht mit Gonzo? Ich seufze einmal tief und gehe dann direkt auf ihn zu.

»Hey, Bratzbirne!«, ruft Gonzo mir schon von Weitem zu.

Ich tue so, als hätte ich es nicht gehört oder als wäre ich nicht gemeint. Und gehe einfach weiter.

Gonzo kommt mir ein Stück entgegen.

»Hey, bist du taub, Bratzbirne?«, raunzt er mich an.

»Du meinst gehörlos«, verbessere ich ihn.

»Hä?«, fragt Gonzo.

»Es heißt gehörlos, nicht taub«, wiederhole ich. »Taub kann auch nur eines der beiden Ohren sein, damit ist man aber noch lange nicht gehörlos. Und eine Frau, deren beide Ohren taub sind, ist eine Gehörlose, aber keine Taube, denn das ist ein Vogel.«

»Bist du bescheuert, Bratzbirne?«, blafft Gonzo mich an. »Was erzählst du da für'n Scheiß?«

»Was möchtest du denn?«, frage ich ungerührt nach.

Wieder versteht Gonzo nicht, was ich meine. Und antwortet mir entsprechend erneut mit: »Hä? Ich? Wieso?«

»Du hast mich gerufen«, erinnere ich ihn. »Also wolltest du doch etwas von mir.«

»Was?«, fragt Gonzo verwirrt. »Ach so! Ja. Äh … Her mit deinem Handy!«

Jetzt bin ich etwas verwirrt. Denn eigentlich wollte ich auf das Thema zu sprechen kommen, um Gonzo für meine Idee zu benutzen. Jetzt macht er das von ganz allein. Zufälle gibt's … Ich weiß natürlich, was Gonzo vorhat. Er will mir mein Handy wegnehmen. Damit habe ich allerdings gerechnet und mein Smartphone wie immer agentenmäßig gut versteckt. Das findet er nie.

»Hab keins«, antworte ich ihm.

Gonzo grinst mich an. Jetzt hat er wieder Oberwasser. Und genau das soll er auch. »Ich weiß genau, dass du ein superteures iPhone hast. Ich wette, es ist das iPhone 11. Stimmt's?«

»Nein«, antworte ich ehrlich. Als YOUNG AGENTS bekommen wir immer schon Prototypen der Geräte, die erst ein Jahr später offiziell herauskommen. Es hat also noch gar keinen Namen. Insofern habe ich nicht mal gelogen.

Gonzo glaubt mir natürlich nicht, dass ich kein Handy besitze. Ich könnte ihm anbieten, mich zu durchsuchen. Er würde es trotzdem nicht finden. Aber so weit will ich es gar nicht kommen lassen.

»Ich habe wirklich keins«, antworte ich. »Ich hab's nämlich gerade unterwegs verloren. Deshalb wollte ich auch dich fragen, ob du mir deins verkaufst.«

»Was?« Gonzo ist sichtlich überrascht.

Ich weiß natürlich, dass Gonzos ein recht einfaches und altes Smartphone auf Android-Basis ist. Natürlich nicht so alt wie das Ding von Charles, aber so fünf Jahre dürfte es schon alt sein. Es ist das ehemalige Handy seiner Mutter. Und deshalb auch rosa mit Glitzer. Potthässlich. Das findet Gonzo wohl auch. Jedenfalls versteckt er das Smartphone so gut es geht in einer schwarzen Batman-Hülle. Ich hab trotzdem mal gesehen, wie es wirklich aussieht und weshalb er es in der schwarzen Hülle versteckt. Darum kommt ihm mein neues Smartphone auch wie gerufen.

Aber nun ist er in der Defensive, ohne es zu merken. Ich wiederhole mein Kaufangebot. Gonzo muss man die meisten Dinge mindestens zweimal sagen, ehe er sie begreift.

Verdutzt und zögerlich zieht Gonzo das Smartphone aus seiner Tasche.

»Aber dann hab ich ja gar keins mehr«, fällt ihm ein.

»Du kannst dir doch ein Neues kaufen«, schlage ich vor. Und bevor er dumm nachfragt, fahre ich gleich fort: »Ich geb dir zweihundert für dein altes.«

»WAS?!«, ruft Gonzo aus.

Ich weiß so gut wie er, dass sein Smartphone bestenfalls noch dreißig oder vierzig Euro wert ist. Aber was soll's? Ich brauche so schnell wie möglich ein altes Handy. Und wenn ich es Gonzo für einen überhöhten Preis abkaufe, ist er mir für eine Zeitlang vielleicht sogar wohlgesonnen.

Außerdem ist ein auffälliges Handy wie das hier im Zweifel besser wiederzuerkennen als ein einfaches schwarzes. Und das kommt mir sehr entgegen. Bezahlen tut es ohnehin die Zentrale.

Bevor Gonzo weiter nachdenkt, habe ich schon vier

Fünfzig-Euro-Scheine aus der Tasche gezogen und wedle ihm damit vor der Nase herum.

»Mein Angebot gilt noch genau zwei Minuten.« Ein bisschen Zeitdruck ist bei einem Verkaufsgespräch immer gut.

»Ähm …« Gonzo zögert noch einen kurzen Moment, dann hat er sich entschieden. »Okay. Warte. Ich muss nur kurz löschen.«

»Nein«, widerspreche ich entschieden. »So, wie es ist.«

»Echt jetzt?«, fragt Gonzo empört.

Mir war gerade noch eingefallen, dass es nicht schaden kann, sämtliche Nachrichten, Fotos, Links und so weiter auf seinem Handy auszuwerten. Wer weiß, wozu das mal gut ist, um ihn mir vom Hals zu halten … So kann ich zwei Fliegen mit einer Klappe schlagen. Ich bin eben Agent und denke rundum.

»Du musst ja nicht verkaufen«, setze ich ihn weiter unter Druck. »Jetzt sind es noch 75 Sekunden.«

»Oh Mann, scheiße, okay!«, brüllt Gonzo. Gerade will er mir die Scheine aus der Hand zupfen, da ziehe ich sie zurück.

»Aber ohne Hülle«, füge ich schnell an, um Gonzo zusätzlich in Verlegenheit zu bringen.

»Ohne …?«, stottert er. »Wieso? Ich … meine … hä?«

»Ohne Hülle!«, fordere ich. »Ich stehe nicht auf Batman. Noch sechzig Sekunden.«

»Ist ja gut!« Hastig pfriemelt Gonzo sein Handy aus

der Batmann-Hülle heraus. Die ganze rosaglitzernde Pracht kommt zum Vorschein.

»Was ist das denn? Wie süüüüß. Hätte ich dir gar nicht zugetraut«, kommentiere ich grinsend.

»Halt bloß die Schnauze!«, raunzt er mich an. »Das ist von meiner Mutter.««

»Das ist ja noch schlimmer«, sage ich, damit es ihm noch peinlicher wird.

»Ach ja?«, fragt er. »Und wieso willst du es dann haben?«

»Ehrlich gesagt habe ich nicht mit so einem hässlichen Ding gerechnet. Das wär ja eher was für meine Oma«, antworte ich. »Aber was soll's? Ich kaufe mir einfach eine neue Hülle. Also kannst du die Batman-Hülle von mir aus drauflassen.«

Mittlerweile haben genug Mitschüler mitbekommen, was für ein peinliches Handy Gonzo hat. Sie haben sich kreisförmig um uns geschart, um zu sehen, wie der Deal ausgeht.

Gerade lachen alle. Gonzo läuft rot an. Er setzt an, um etwas zu erwidern. Oder auf mich loszugehen. Doch ich bin schneller.

»Noch zehn Sekunden …«

Damit nehme ich ihm den Wind aus den Segeln.

Mit düsterer Miene greift Gonzo sich jetzt die Scheine, was ich dieses Mal auch zulasse, und überreicht mir das Glitzerhandy.

»Aber die Hülle behalte ich«, sagt er, um sich wenigstens ein bisschen an mir zu rächen.

»Von mir aus. Danke sehr!«, sage ich überfreundlich.

»Freu dich nicht zu früh«, droht Gonzo mir, dreht sich um und verzieht sich mit meinen zweihundert Euro in der Hand. Er hat ein gutes Geschäft gemacht. Das weiß er. Aber auch ich bin sehr zufrieden.

Der Rest des Schulalltags verläuft ohne Zwischenfälle. Mein Kauf hat schon mal einen seiner Zwecke erfüllt: Gonzo hält Abstand. Zumindest im Moment.

Und ich lege sofort los. Statt in den Unterricht zu gehen, suche ich mir schnell ein ruhiges Plätzchen. Eines, das ich mir schon vor Längerem ausgeguckt habe: Direkt neben dem Abstellraum, in dem der Hausmeister tausend Dinge – vom Schneeschieber bis zu Werkzeug und alten Farbeimern – aufbewahrt, gibt es eine kleine Kammer. In dieser Kammer werden Kanister mit Putzmitteln gelagert. Natürlich ist die Kammer verschlossen, aber ich habe mir seinerzeit einen Schlüssel beim Reinemachpersonal »ausgeborgt«, mir schnell einen Schlüsselabdruck gemacht, den Schlüssel nachmachen lassen und damit ein – wenn man so will – eigenes »Büro« in der Schule, in dem ich ungestört bin. Denn das Putzpersonal kommt erst am Nachmittag, niemals früher als drei Uhr. Bis dahin habe ich in diesem Raum meine Ruhe. Heimlich habe ich mir hinter dem letzten Regal eine kleine Ecke eingerichtet: einen Tisch, einen Stuhl, eine Arbeitsleuchte. Nie hat jemand etwas dazu gesagt oder es weggeräumt. Ich vermute, der Hausmeister denkt, das Putzpersonal hat sich dort eingerichtet, und das wiederum vermutet umgekehrt, der Hausmeister nähme sich dort ab und an eine Auszeit …

Wie auch immer: Ich bin allein, lege das Glitzerhandy auf den Tisch, hole mein mitgebrachtes Werkzeug aus dem Rucksack, übertrage den gesamten Inhalt von Gonzos Handys auf einen Stick, den ich später auswerten werde, und baue einen Miniatur-GPS-Chip ins Telefon ein. Am Nachmittag werde ich das Handy auf dem Recyclinghof abgeben und von da an seinen Weg verfolgen. Wollen wir doch mal sehen, wo es landet …

Das Handy zu präparieren, ist eine Sache von nur wenigen Minuten. Anschließend hetze ich in den Unterricht und erlebe dort eine Überraschung: Ich habe eine neue Sitznachbarin. Sie trägt ein grellorangefarbenes, ärmelloses Shirt, das sich sommerlich frisch von ihrer dunklen Haut abhebt, dazu – soweit ich es beim Hinsetzen überfliegen kann – eine schwarze, luftig weite Sommerhose aus leichtem Stoff, und ihre Füße stecken barfuß in schwarzen Sportsandalen einer bekannten Sportschuhmarke.

Da ich zu spät bin und der Unterricht schon begonnen hat, spreche ich sie nicht an.

Sie aber mich. Mit einem freundlichen Lächeln schaut

sie mich an, reicht mir ihre Hand und sagt: »Ich bin Abena.«

»Billy«, antworte ich und nicke ihr zu.

Und schon trifft mich der mahnende Blick unserer Lehrerin. Ich signalisiere ihr schuldbewusst, dass ich ruhig sein werde. Aber hinter mir sitzt ja Gonzo.

»Schon wieder zu spät«, zischt er mir zu. »Jetzt hast du die Vorstellung verpasst. Selber schuld.«

Ich zucke mit den Schultern und versuche, Gonzo zu ignorieren, obwohl ich weiß, dass mir das nicht gelingen wird.

»Woher kommst du?«, flüstere ich.

»Aus Ghana«, antwortet Abena.

Ihre Antwort überrascht mich, denn so hatte ich meine Frage gar nicht gemeint. Ich hatte angenommen, sie käme von einer Nachbarschule oder sei aus einem anderen Stadtteil in diesen oder aus einer anderen deutschen Stadt nach Hamburg gezogen.

»Wie?«, frage ich deshalb erstaunt. »Direkt vom afrikanischen Kontinent hierher in unsere Schule?«

Abena grinst – und nickt.

»Inklusive Sprachkurs während des Flugs oder wie?«, hake ich nach. Denn die Amtssprache von Ghana ist Englisch. Ich bin wie elektrisiert. Gerade gestern hatten wir mit dem Prof doch so ausführlich über Ghana gesprochen … Und jetzt sitzt eine Ghanaerin direkt neben mir in der Schulklasse? Dahinter kann nun wirklich nicht die Zentrale stecken. Das muss echt ein totaler Zufall sein.

»Verstehen ja«, teilt Abena mir mit. »Sprechen schlecht. Do you speak English?«

Of course! will ich spontan ausrufen. Doch kann mich gerade noch bremsen. In der Schule haben wir zwar schon seit ein paar Jahren Englischunterricht, ich spiele aber den mittelmäßigen Schüler. Niemand weiß, dass ich bereits zwei Fremdsprachen fließend beherrsche. Und Gonzo hinter mir hat längst schon wieder seine Ohren gespitzt.

»Öh ...«, stottere ich deshalb verlegen. »I'll try.«

Abena lacht. »Okay.«

Unsere Lehrerin ermahnt nun uns beide, doch bitte dem Unterricht beizuwohnen und die privaten Unterhaltungen einzustellen.

Schade. Jetzt weiß ich immer noch nicht, wieso Abena so gut Deutsch versteht und vor allem, wo genau sie in Ghana gelebt hat, in welcher Stadt.

»Kommst du aus der Hauptstadt Accra?«, frage ich.

Abena schaut mich an, nickt: »Ja.«

Volltreffer! Natürlich möchte ich sie jetzt sofort nach Agbogbloshie befragen, jenem Stadtteil mit der unglaublich großen und giftigen Müllkippe, auf der ein Großteil der illegal exportierten alten Hightechgeräte aus Deutschland landet. Aber danach so gezielt zu fragen, wär dann wohl doch etwas auffällig.

»Nice to meet you«, sage ich stattdessen.

Abena lächelt erneut: »Thank you!«

»Schleimer!«, zischt Gonzo mir von hinten zu.

Erst da wird mir bewusst: Gonzo hat ein Auge auf Abena geworfen! Der hat sich ganz offenbar sofort in sie verguckt. Liebe auf den ersten Blick, sozusagen.

Wer hätte das gedacht? Es würde mich sogar amüsieren, wenn es mir nicht total in die Quere kommen würde.

Ich weiß nichts von Abena. Fest aber steht: Sie sieht wirklich gut aus, was man von Gonzo nicht gerade behaupten kann. Und da ich weiß, was für ein widerlicher Arsch er ist, vermute ich stark, dass er bei Abena keinerlei Chance haben wird. Was wiederum dazu führen könnte, dass Gonzo sie schon bald eifersüchtig und argwöhnisch im Auge behalten wird. Schlecht, wenn ich über sie irgendetwas über diesen Müllplatz in Ghana erfahren will. Andererseits: Vielleicht weiß sie ohnehin gar nichts darüber.

Plötzlich meldet sich Gonzo wieder zu Wort.

»Hey«, zischt er Abena von hinten zu.

Sie dreht sich zu ihm um. Gonzo wedelt mit meinen Fünfzig-Euro-Scheinen vor ihrer Nase herum.

»Ich kauf mir heute Nachmittag ein neues Handy«, verkündet er großkotzig. »Willst du mit?«

Ich schaue ihm zu und fasse es nicht. Ob Gonzo wirklich glaubt, auf diese Weise ein Mädchen beeindrucken zu können?

Doch Abenas Antwort ist auch für mich eine Überraschung.

»Was ist Handy?«, fragt sie.

»Hä?«, wundert sich Gonzo. »Wisst ihr in Afrika etwa nicht, was ein Handy ist?«

»Ghana«, korrigiert Abena gelassen. »Afrika ist Kontinent.«

»Ja, ja«, winkt Gonzo ab. »Aber ein Handy? Ihr müsst doch wissen, was ein Handy ist.« Er schaut mich hilfesuchend an. »Zeig ihr mein altes.«

Ich ahne, weshalb Abena nicht weiß, was Gonzo meint, aber ich spiele das Spiel genüsslich mit und ziehe das rosa Glitzerding hervor, das ich vorhin Gonzo abgekauft habe.

Abena sieht es, gluckst und ruft: »Jesus!« Wobei sie es Englisch ausspricht und auch danach in ihrer Sprache bleibt: »What is that? Terrible!«

»Was?«, fragt Gonzo verdattert.

Bevor Missverständnisse aufkommen, kläre ich Abena auf: »Es ist Gonzos. Ich hab's ihm vorhin abgekauft.« Und spontan fällt mir ein: Um Gonzo vor Abena ein wenig bloßzustellen, könnte ich meine spontane Idee aufwärmen, dass das Ding eher meiner Oma gefallen würde. Und so ähnlich sage ich es dann auch: »Es ist für meine Oma.«

»Oma?«, fragt sie.

»Grandma«, übersetze ich.

Abena lacht. »For your Grandma? Okay…« Dann kichert sie weiter. »Oh my God, what kind of colour! A pink cellphone. Oh no!«

»Äh…Was? Wieso Oma? Ich denke…« Gonzo ist puterrot angelaufen. »Wie jetzt? Zell… was?«

»Auch wenn es Englisch klingt, das Wort ›Handy‹ gibt es im Englischen nicht, Gonzo«, kläre ich ihn auf. »Man sagt ›cellphone‹ oder ›mobile‹. Das Wort ›Handy‹ ist eine deutsche Erfindung. Deshalb kannte Abena es nicht.«

»Wie? Echt?«, stottert Gonzo.

Und Abena fragt: »Gonzo? Your name is Gonzo, like in the *Muppet Show*?«

»NEIN!«, brüllt Gonzo.

»Ja!«, rufe ich und lache.

Gonzo heißt in Wahrheit nicht wirklich Gonzo, sondern Walter. Aber mit seiner überlangen Nase und seinem wirren Haarschnitt hat er ziemliche Ähnlichkeit mit dieser Figur der Muppets, sodass ihn irgendwann mal jemand so getauft hat. Seitdem nennen ihn alle so, obwohl er selbst den Spitznamen auf den Tod nicht ausstehen kann.

Nun denkt auch Abena, sein Name sei Gonzo.

Gonzo traut sich nun nicht mehr, wegen des Nachmittags nachzufragen. Ihm ist klar, dass er sich nach diesem peinlichen Auftritt sein Angebot an den Hut stecken kann. Doch Abena hat seine Frage nicht vergessen und antwortet ruhig und höflich: »I'm sorry, Gonzo…«

Gonzo öffnet seinen Mund und will widersprechen, doch dann lässt er es und schließt ihn einfach wieder.

»... but I don't like ... äh ... Ich mag keine cellphones.«

»Wie jetzt?«, fragt Gonzo. »Wie kann man denn keine Handys ... Ich meine, Mobiles ... äh ... Zell ... na, du weißt schon, wie kann man das denn nicht mögen? Also, ich meine natürlich ein vernünftiges Smartphone. Das neueste, mit Musik- und Videostreaming und zwei Kameras und 32 Gigabyte Speicher und nicht so'n altes Ding wie das da ...«

»Sorry!«, sagt Abena nochmals, zuckt mit den Schultern und dreht sich von Gonzo weg. Offenbar will sie nicht weiter darüber reden.

Seltsam.

Finde ich auch.

Gonzo schaut mich wutschnaubend an. Damit könnte es mit meiner Ruhe vor ihm also schon wieder vorbei sein. Aber das war mir die Sache wert. Denn Abena und ich scheinen uns gut zu verstehen, was sich wiederum sehr günstig auf unseren Auftrag auswirken könnte.

EIN GEFÄHRLICHER ZWISCHENFALL

Auf dem Weg nach Hause fahre ich mit meinem E-Bike einen Umweg und gebe das präparierte Glitzerhandy beim Recyclinghof ab. Ich bin gespannt, ob es auf Reisen gehen wird.

Zu Hause will ich das peinliche Ding mit dem eingebauten GPS-Chip gleich lokalisieren, aber dazu komme ich nicht. Kaum habe ich mein Zimmer betreten, blinkt das Trikot von Ronaldo im Bilderrahmen. Und zwar abwechselnd in Weiß und Rot! Das bedeutet: Alarm!

Ich muss hier und jetzt direkt Verbindung zum Prof aufnehmen. Dazu tippe ich Ronaldo einmal sachte auf die Nase, und schon verbindet mich ein Touch-Sensor. Allein für diese Art der Kommunikation musste mein komplettes Zimmer absolut abhörsicher gemacht werden, als ich Agent wurde. Ein recht kostspieliger Aufwand. Auch deshalb wäre es verheerend, würde uns unsere Wohnung gekündigt werden.

So aber kann nun Ronaldos Kopf von seinem Körper verschwinden und stattdessen das Gesicht vom Prof auftauchen. Erst jetzt würde ein Außenstehender bemerken, dass es sich nicht um ein stinknormales, eingerahmtes Fußballposter handelt, sondern um ein digitales Bild, hinter dessen Fassade ein gesamtes Computernetzwerk versteckt ist. Komisch ist es dennoch, als mein torjubelnder Ronaldo plötzlich das Gesicht des Profs trägt.

»Alarmstufe Rot, Liam«, betont der Prof ohne jegliche Begrüßung.

»Ich weiß«, sage ich. Sonst hätte ja mein Ronaldo nicht entsprechend geblinkt.

»Wir haben Hinweise erhalten, dass in Hamburg ein Terroranschlag geplant ist«

Mir stockt der Atem ob dieser schockierenden Nachricht. Gleichzeitig aber wundere ich mich, weshalb der Prof mir das erzählt. Wir YOUNG AGENTS haben mit Terrorismusbekämpfung nichts zu tun.

»Das ist ja schlimm«, sage ich. »Wann und wo?« Die Frage, was wir dagegen tun sollen, erspare ich mir vorerst.

»Das ist es ja gerade«, erklärt der Prof. »Dazu hat unsere Überwachung keine Ergebnisse geliefert. Wir wissen es also nicht. Wir sind aber sicher, dass die Zielpersonen Pläne haben, aus denen der Tatort und der geplante Zeitpunkt hervorgehen.«

Nachvollziehbar. Die Terroristen wissen natürlich

auch, dass sie verfolgt und womöglich überwacht werden. Deshalb nennen sie ihre Pläne nur verschlüsselt oder gar nicht.

»Nach unseren Erkenntnissen steht der Anschlag unmittelbar bevor«, erläutert der Prof weiter. »Wir müssen an die Pläne herankommen. Und zwar sofort.«

»Dann setzten Sie doch Agenten darauf an«, schlage ich etwas naiv vor.

Der Prof antwortet prompt: »Genau das tue ich gerade. Du, Naomi und Charles müsst dorthin. Augenblicklich!«

»Moment mal!«, protestiere ich. »Wieso denn wir? Das ist die Aufgabe des offiziellen Geheimdienstes. Des MAD oder BND oder was weiß ich.«

»Das weiß ich selbst«, antwortet der Prof etwas ungeduldig. »Und wenn das möglich wäre, hätte ich mich nicht gemeldet. Aber eine offizielle Razzia dauert zu lange, und das Risiko ist zu groß, dass die Terroristen etwas mitbekommen und die Pläne vernichten, ehe wir im Haus sind.«

Aha, es geht also um ein Haus.

»Es gibt derzeit nur einen Zugang, durch den wir schnell und unbemerkt an die Pläne kommen können: durch den Schornstein. Der aber ist für Erwachsene zu eng. Also los: in zehn Minuten hier. Ich schick die Adresse.«

Das Gesicht des Profs verschwindet, und Ronaldo

selbst jubelt wieder auf dem Poster. Auf dem Rasen unter seinen Füßen taucht dafür eine Adresse auf. Ich muss sie mir merken, denn ich weiß, dass sie nach dreißig Sekunden wieder verschwinden wird.

Das Haus liegt nordöstlich kurz vor Hamburg, gar nicht weit weg vom Großensee. Über den haben wir doch gerade noch gesprochen, wegen des illegalen Müllhandels ... Zufall?

Jedenfalls unmöglich, es innerhalb von zehn Minuten bis dorthin zu schaffen. Eigentlich. Nicht mit meinem schnellen E-Bike und erst recht nicht mit dem Auto durch die Stadt bei dem Verkehr und den vielen Ampeln und Baustellen. Aber mit dem Auto darf ich ja ohnehin nicht fahren, obwohl ich es als YOUNG AGENT sogar kann.

Und dennoch werde ich es pünktlich schaffen, denn ich werde – fliegen!

Ähnlich wie in Paris. Da haben wir dem Boss erst einen Helikopter gestohlen und ihn dann auch noch damit verfolgt. Das war schon eine irre Sache.

Aber jetzt wird es noch spektakulärer. Denn ein Helikopter wäre viel zu laut und auffällig. Deshalb steht uns eine deutlich leisere Maschine zur Verfügung: eine Drohne.

Ich bin gerade mal seit fünf Minuten zu Hause, da muss ich also schon wieder los. Schnell schnappe ich meinen Agentenrucksack und düse los.

»Ich bin noch mal weg!«, rufe ich durch den Flur, damit es meine Mutter in der Küche hören kann. Mein Vater ist noch bei seiner neuen Arbeitsstelle.

Schon steckt meine Mutter den Kopf in den Flur: »Sei vorsichtig, Billy.«

»Bin ich«, verspreche ich.

Und verlasse die Wohnung. Dieses Mal aber nicht die Treppen runter ins Erdgeschoss, sondern rauf, bis zur Dachluke im Treppenhaus, die eigentlich nur vom Fernsehtechniker benutzt wird, wenn etwas mit der Satellitenschüssel nicht stimmt, oder vom Schornsteinfeger. Das passt doch. Schließlich soll ich ja auch gleich durch einen Schornstein klettern.

Kaum bin ich oben auf dem Dach unseres Hochhauses, da sehe ich Charles auf mich zugeflogen kommen, um mich abzuholen. Er winkt mir fröhlich lächelnd aus der bemannten Drohne zu. Genauso ein Ding, über das in den Medien im Moment als sogenanntes »Flugtaxi« der Zukunft gemunkelt wird. Die gibt es noch gar nicht auf dem Markt, außer für uns: die YOUNG AGENTS.

Obwohl das Ding allein aufgrund seiner Neuheit schon recht spektakulär ist, sind wir trotzdem relativ unauffällig damit unterwegs. Denn Passanten, die die Drohne sehen, halten sie vermutlich für einen Prototypen eines Flugtaxis, das gerade einen Testflug macht. Natürlich ist das höchstinteressant, aber keiner würde vermuten, dass in der Drohne Agenten sitzen, auf dem Weg zur Verhinderung eines Terroranschlags.

Die Drohne ist eigentlich nur für eine Person ausgelegt – eine erwachsene Person. Bis zu hundertzwanzig Kilogramm Körpergewicht. Das reicht locker für Charles und mich zusammen. Deshalb können wir zu zweit fliegen.

Naomi ist dafür zuständig, gegebenenfalls die Alarmanlage auszuschalten oder ähnliches. Das kann sie bequem von der Zentrale aus erledigen, denn dazu braucht sie nicht mehr als Laptop und Internetanschluss. Vielleicht bleibt sie aber auch zu Hause. Ich weiß nicht einmal, wo sie sich gerade aufhält, um mit uns in Verbindung zu bleiben: in ihrem Zimmer in der konspirativen Agentenwohnung, die sie hier mit Charles bewohnt, so wie ich bei unserem letzten Fall mit ihr in einer Pariser Agentenwohnung gewohnt hatte. Oder in der Zentrale beim Prof. Ich steige jedenfalls zu Charles in die Drohne und zwänge mich in die enge Lücke hinter seinem Sitz. Charles startet sofort.

Ziel ist ein Modellflugplatz knapp außerhalb von Hamburg, aber ganz in der Nähe des Hauses, in das ich einsteigen soll. Charles wird in der startbereiten Drohne bleiben, um nötigenfalls schnell fliehen zu können.

Denn da, wo ich gleich einbreche, werden die Überraschten nicht die Polizei rufen, wenn sie mich entdecken. Sie werden versuchen, mich auf der Stelle zu – töten.

Als ich mir das bewusst mache, beginnen meine Hände leicht zu zittern, weshalb ich versuche, diesen Gedanken schnellstens wieder abzustreifen.

Charles landet in einer dichtbewachsenen Ecke des Modellflugplatzes. Denn ausgerechnet jetzt stehen zwei Hobbypiloten mit ihren Flugzeugen mitten auf dem Platz. Und zwei neugierige Nerds, die einem Löcher in den Bauch fragen, können wir gar nicht gebrauchen.

Kurz bevor wir mit unserer Drohne aufsetzen, schauen die beiden zu uns rüber. Der eine hat bereits sein Smartphone im Anschlag, um uns zu fotografieren.

»Oh Mist!«, fluche ich. »Los, steig' wieder auf. Bloß weg von denen!«

Charles startet durch, und wir heben ab, bevor wir überhaupt gelandet waren. Ich sehe, dass der eine Nerd uns mit seinem Smartphone filmt.

»Verdammt!«, fluche ich erneut. »In wenigen Minuten kann uns jeder auf YouTube sehen. Das geht nicht. Los, steuere auf sie zu.«

»What?«, fragt Charles verblüfft.

Ich wiederhole meine Aufforderung.

Charles begreift. »Oh, ich verstehe. Du willst an dich nehmen, sein … wie sagt ihr? – Handy.«

»So ist es«, bestätige ich.

Charles grinst. »Okay.«

Offenbar freut er sich auf die Jagd, die wir jetzt unternehmen werden.

Er dreht eine harmlos aussehende Runde über den Köpfen der beiden Modellflugzeugpiloten, die uns wie gebannt beobachten, ohne zu ahnen, was gleich passieren wird. Der eine der beiden filmt uns immer noch.

»Bereit?«, fragt Charles.

»Bereit«, antworte ich.

Charles lässt die Drohne vom Himmel stürzen wie einen Falken, der ein Beutetier auf dem Boden entdeckt hat. Unsere beiden Zuschauer müssen denken, wir stürzen ab. Je näher wir dem Boden entgegenrasen, desto deutlicher kann ich ihre erschrockenen Gesichter erkennen. Doch ein paar Meter über dem Erdboden lenkt Charles plötzlich eine scharfe Kurve. Und die beiden scheinen zu begreifen, dass wir keineswegs abstürzen, sondern gezielt auf sie zufliegen. Ich öffne das Kuppeldach und lasse mich halb aus der Drohne heraushängen, als würde ich auf dem Ding durch die Luft surfen.

»Weiter rechts!«, rufe ich Charles zu.

Doch das hat er selbst schon erkannt. Präzise lenkt er auf den Typen mit dem Handy zu, der noch immer filmt … Immer noch … Immer noch … Jetzt lässt er vor Schreck sein Smartphone fallen und wirft sich selbst zu Boden, um nicht von uns rasiert zu werden. Ich lasse mich so weit aus der Drohne herunterhängen, wie es nur irgend geht, und strecke meinen Arm aus. Meine

Fingerspitzen streichen über die Grashalme. Dann packe ich zu.

»Ich hab's!«, rufe ich.

Sofort reißt Charles die Drohne hoch.

Die beiden Nerds pressen sich flach auf den Boden, halten ihre Arme gekreuzt über ihre Köpfe. Wir steigen fast so steil in den Himmel hinauf, wie wir zuvor im Sturzflug auf die Wiese herabgestürzt sind.

Ich ziehe mich wieder zurück in die Drohne, quetsche mich in meinen Sitz, tippe mich mit wenigen Klicks in den Fotospeicher des Smartphones, lösche alle Fotos und den Film, den er von uns gemacht hat.

»Okay«, gebe ich das Kommando.

Charles dreht noch mal um. Ein zweiter Sturzflug auf die beiden zu.

Die glauben nicht, was sie da sehen, springen panisch auf, rennen um ihr Leben Richtung Parkplatz. Aber wir haben sie bereits eingeholt. Ich werfe das Smartphone hinunter, das seinem Besitzer direkt vor die Füße fällt.

Charles startet wieder durch.

Die beiden Modellflieger stehen völlig verdattert auf der Wiese.

»Ich denke, sie haben begriffen, dass wir nicht fotografiert werden wollen«, sage ich lachend.

»Very good act!«, lobt Charles. »I love it.«

Ich weiß so gut wie Charles, dass dieser gelungene

»Angriff« ohne seine enormen Flugkünste unmöglich gewesen wäre.

Aber jetzt müssen wir weiter.

Auf uns wartet schließlich eine wirklich wichtige Aufgabe.

»Dort hinter der Böschung kannst du landen«, schlage ich Charles vor.

»Wieso landen?«, fragt Charles. »Ich dachte, du sollst abseilen dich und durch den Schornstein hineinrutschen. Die einzige Möglichkeit, ins Haus zu kommen. Hat gesagt the Prof.«

»Ja, hat er. Aber am helllichten Tag mit einer bemannten Drohne übers Haus zu fliegen, ohne entdeckt zu werden ... Wie stellt er sich das vor? Glaubt er, die Terroristen haben keine Überwachungskameras oder würden unsere Drohne nicht hören? Soo leise ist sie auch wieder nicht. Und ich habe wenig Lust, aus der Luft abgeschossen zu werden.«

»You are right.« Charles landet.

Hinter der Böschung liegt das Haus, in das ich eindringen soll. Zwei Autos stehen vor der Tür. Das heißt, die vermeintlichen Terroristen sind offenbar zu Hause.

Uns fehlt aber die Zeit, um auf den Abend zu warten.

Um unbemerkt an die Pläne zu kommen, muss ich mir etwas einfallen lassen.

Vorausgesetzt, es gibt diese Pläne überhaupt. Die Informationen der Zentrale waren ja mehr als dürftig.

»Was willst du jetzt tun?«, fragt Charles.

»Das, was Agenten am besten können«, antworte ich. »Improvisieren.«

Ich schultere meinen Rucksack, steige aus der Drohne, strecke Charles ein Daumenhoch entgegen und schleiche mich an die Böschung heran.

Hier auf dem Land gibt es keine Gartenzäune. Der vermeintliche Garten, besser gesagt der Hof, geht zu einer Seite nahtlos ins angrenzende Feld über, zu meiner Seite reicht er bis zur Böschung, aus deren Deckung ich nun hervorkommen muss, um das Haus zu erreichen.

Auf etwa zwanzig Metern Länge fehlt mir jegliche Deckung.

Mit Sicherheit ist das Haus rundherum videoüberwacht.

Trotzdem immer noch besser, als mit der Drohne übers Dach zu fliegen.

Da entdecke ich schon die erste Kamera an der Hauswand.

Ich nehme Funkkontakt mit Naomi auf. »Hey, Naomi. Hörst du mich? Kannst du die Videoüberwachung ausschalten?«

»Scherzkeks«, kommt aus dem Funk zurück. »Das ist hier kein Kinofilm.«

Ich habe befürchtet, dass es nicht so einfach geht. Alle reden zwar immer von mangelnder Datensicherheit und der Möglichkeit, sich irgendwo einzuhacken. Aber so einfach ist es eben doch nicht, dass das innerhalb von Sekunden von einem x-beliebigen Ort aus ginge, ohne jegliche Informationen über das entsprechende Netzwerk zu haben.

Außerdem will ich nicht in ein normales Einfamilienhaus einbrechen, sondern in die von uns vermutete Schaltzentrale von Terroristen. Die verstehen sich nicht nur aufs Bombenbauen, sondern mit Sicherheit auch darauf, ihr Netzwerk zu schützen.

»Ich kann aber über die Zentrale für einen kurzzeitigen Stromausfall im Dorf sorgen«, teilt Naomi mir mit. »Es ist schon alles vorbereitet. Und ohne Strom keine Kameras.«

»Und wenn die mit Akku oder Generator weiterlaufen?«, frage ich.

»Dann hast du Pech gehabt«, lautet die lapidare Antwort. »Aber wer seine Kamera ans Stromnetz angeschlossen hat, denkt meist nicht mehr an seine Akkus«, behauptet Naomi. »Wenn die Kameras überhaupt Akkus haben. Und einen Generator würdest du vermutlich hören.«

»Ich probiere es«, stimme ich zu. »Jetzt.«

»Fünf… vier… drei… zwei… eins…«, zählt Naomi. »Okay. Strom ist aus.«

»Danke!« Ich renne los bis zur Hauswand. »Bin da.«

»Außerhalb des Kamerawinkels?«

»Ich denke schon.«

»Ich schalte wieder an. Dann werden die es gar nicht bemerken, und keiner kommt raus, um sicherheitshalber nachzusehen«, sagt Naomi.

»Dann gehe ich jetzt rein«, gebe ich ihr Bescheid. »Funkstille, bis ich mich wieder melde.«

»Alles klar. Viel Glück!«

Ich entscheide mich, durch das Kellerfenster ins Haus einzusteigen. Es ist so klein, dass auch dort kein Erwachsener durchpasst. Vermutlich ist es deshalb auch nicht vergittert.

Im Keller kann ich auf den ersten Blick nichts Ungewöhnliches entdecken. Ein paar Getränkekisten, zwei Fahrräder, allerlei Gerümpel, das Leute im Keller halt so stehen haben: Farbtöpfe, Pinsel, Kanister, Werkzeug, alte Originalkartons von einem Computer und Drucker. Zwei zerbrochene Gartenstühle liegen noch rum.

Dann eine geschlossene Stahltür, die gleich hinter der Kellertreppe abgeht. Offenbar ein zweiter Kellerraum.

Ich betätige den Türgriff.

Verschlossen.

Plötzlich öffnet jemand die Kellertür oben!

Ich muss mich blitzschnell verstecken und verkrieche mich unter der Treppe.

Über mir die Schritte von jemandem, der hinunter in den Keller kommt. Am Ende der Treppe bleibt er aber stehen, schließt die Stahltür auf und betritt den Raum dahinter.

Ich warte einen Augenblick.

Die Tür klappt nicht hinter ihm zu. Jedenfalls höre ich nichts.

Ich wage mich nur ein paar Schritte unter der Treppe hervor.

So manches, wofür Agenten früher eine Spezialausrüstung benötigten, kann man heute bequem mit dem Smartphone erledigen: um die Ecke gucken, zum Beispiel.

Blitzschnell ziehe ich einen Selfiestick aus meiner Tasche, klappe ihn auseinander, befestige mein Smartphone daran und schalte die Foto-App auf Selfie-Modus. Ich halte den Stick am ausgestreckten Arm weit vor und kann so in den offenstehenden Raum hineinlinsen.

Es scheint ein amateurhaft eingerichtetes Labor zu sein. Ein klobiger Arbeitstisch, eine Art Werkbank mit allerlei Drähten, Lötkolben, Fläschchen, Gläsern, allen möglichen Werkzeugen und Gerümpel ist zu sehen. Ob hier Bomben gebaut werden?

Die Person, die die Treppe heruntergekommen ist, kann ich im Moment nicht sehen.

Aber hören.

Irgendetwas wird da über den Boden geschrammt, hin- und hergeräumt, eine quietschende Schranktür geöffnet, wieder geschlossen.

Jetzt kommt die Person zur Werkbank. Es ist ein Mann: dunkelblonde Haare, circa einsachtzig groß, schlank, fast schon hager. Ich sehe ihn leider nur von hinten.

Plötzlich dreht er sich um, geht auf die Treppe zu. Ich lasse behutsam meinen Selfiestick ganz auf den Boden sinken und ziehe ihn etwas zu mir heran. Ich glaube nicht, dass der Typ mein Smartphone mitbekommt.

Ich aber kann ihn noch immer beobachten. Lautlos mache ich ein Foto von ihm. Von vorn. Er trägt einen dünnen Vollbart und eine dicke, schwarzumrandete Nerdbrille. Und – er hält etwas in seinen Händen. Ich kann nicht genau erkennen, was es ist. Schnell schieße ich noch einige Fotos.

Dann stiefelt er wieder die Treppe hinauf.

Ich bleibe unentdeckt; warte, bis oben wieder die Tür zugeht. Dann sehe ich mir die Fotos an. Einige Bilder ziehe ich größer, um zu erkennen, was der Mann hinaufgetragen hat.

Als ich es erkenne, traue ich meinen Augen nicht: Es ist eine Drohne. Gar nicht mal so klein. Schätzungsweise einen halben Meter breit.

Was hat das zu bedeuten? Hat sich die Zentrale getäuscht, und bin ich hier nur eingebrochen, um die Bastelwerkstatt eines Hobbypiloten auszukundschaften? Immerhin liegt der Modellflugplatz ja direkt vor der Haustür.

Das kann doch nicht sein, oder?

Ich wage mich jetzt ganz unter der Treppe hervor, prüfe erneut die Stahltür.

Sie ist nicht mehr verschlossen.

Hat der Mann nur vergessen abzuschließen? Oder kehrt er gleich zurück?

Einen Moment überlege ich noch, was ich tun soll.

Dann entscheide ich mich dafür, genauer nachzuprüfen. Denn im Moment gehe ich davon aus, dass es sich hier um einen harmlosen Hobbybastler handelt. Was bedeutet: ungefährlich für mich.

Ich betrete also den Hobbyraum, schließe leise die Stahltür hinter mir, schaue mich genauer um und – sehe Papierrollen auf der Werkbank liegen.

Das könnten Konstruktionspläne sein.

Ich entrolle sie. Wie ich es mir gedacht habe: Pläne für den Bau einer Hobbydrohne. Ein harmloser Bastler also, genau wie die beiden Typen da draußen auf der Wiese.

Mein Einsatz hier ist ein totaler Reinfall.

Ich überlege kurz, Naomi und Charles zu informieren, entscheide dann aber, damit zu warten. Wenn ich über Funk spreche, könnte es womöglich oben doch gehört werden, was unnötigen Ärger auslösen könnte. Also werde ich lieber so unbemerkt durchs Kellerfenster wieder verschwinden, wie ich gekommen bin.

Ich rolle die Pläne zusammen, wobei mein Blick auf ein Teil fällt, das auf der Werkbank liegt. Ein kleiner, schwarzer Kasten mit einer Antenne und zwei Lüsterklemmen, wie man sie von Lautsprechern kennt. Daneben liegt eine kleine Fernbedienung mit nur einem einzigen roten Schalter und ebenfalls einer Antenne daran.

Ich erkenne sofort, was das ist: eine elektronische Zündanlage, die man online für nicht mal zwanzig Euro kaufen kann. Manche Kids basteln sich damit eine elektronische Fernzündung für ihr Silvesterfeuerwerk. Das könnte natürlich auch hier der Fall sein. Immerhin befinde ich mich im Hobbykeller eines Nerds. Daneben liegen auch einige Brückenzünder, ohne die das Ganze nicht funktioniert. Die kosten auch nur ein paar Cent.

Ist die Zentrale unseres Geheimdienstes wirklich einem Hobbybastler auf den Leim gegangen? Einem, der schon jetzt sein Silvesterfeuerwerk zusammenbastelt? Aber was will er dann mit der Drohne?

Ich nehme mir die Pläne noch mal vor. Ist darauf die Zündanlage zu erkennen? Ich gehe jetzt jedes Blatt einzeln genau durch.

Und plötzlich entdecke ich etwas.

Auf der dritten Zeichnung ist zu erkennen, wie der Zündkasten an der Drohne befestigt werden soll.

Was hat er da zu suchen?

Was will der Nerd an der Drohne zünden?

Ein Feuerwerk würde sie zerstören. Das kann er doch nicht wollen.

Ich sehe mir das nächste Blatt an. Darauf ist zu sehen, dass zu beiden Seiten der Drohne etwas angebracht werden soll. Sieht auf den ersten Blick aus wie zwei große Böller oder Kanonenschläge. Als ich es genauer betrachte, entdecke ich aber, dass aus den »Böllern« zwar oben die Zündschnüre herausgucken, die mit den Brückenzündern verbunden werden sollen, aber … es sind gar keine Böller, es sind – Fläschchen. Was um alles in der Welt …?

Ich blättere die Pläne weiter durch, fotografiere sie, aber eine Erklärung, was die Fläschchen beinhalten, finde ich nicht.

Ich lege die Pläne zurück und beschließe, mich nun doch oben im Haus umzusehen. Vielleicht finde ich dort die passende Erklärung?

Ich hege einen entsprechenden Verdacht, aber den will ich mir lieber noch nicht bis ins Detail vorstellen, ehe ich nicht Gewissheit habe.

Ich schleiche die Treppe nach oben und öffne vorsichtig die Kellertür. Nur einen kleinen Spalt. Mein Blick fällt auf einen heruntergekommenen, klebrig wirkenden Linoleumfußboden, der nicht nur zahlreiche Schmutzflecken, sondern ebenso viele Löcher und Risse aufweist. Den sollte meine Mutter mal sehen. Offenbar seit Jahren nicht gewischt worden.

An der Wand eine schief hängende, kahle Garderobe, an der ein Haken fehlt.

Ich lausche, höre aber nichts außer dem Geräusch eines lauten Mixers, vermutlich aus der Küche.

Keine Gespräche, kein Fernseher, keine Musik.

Nur dieser Mixer.

Der jetzt verstummt.

Macht sich da jemand einen Smoothie?

Was auch immer da gemischt wurde, es ist fertig.

Immer noch keine Unterhaltung.

Der Nerd scheint allein zu sein.

Wieder etwas, was dem Verdacht der Zentrale widerspricht.

Ich wage mich weiter vor, peile die Lage: Links von mir geht es offenbar zur Küche, denn von dort kam das Mixergeräusch, rechts von mir ist eine Treppe, die in die obere Etage führt. An der Treppe vorbei führt der Weg zum Ausgang. Mir gegenüber das Bad. Leicht zu erkennen, denn die Tür steht offen. Vor der Tür geht der Flur weiter, vermutlich zum Wohnzimmer.

Wenn mehrere im Haus wären, müsste ich doch etwas von ihnen hören …

Und was macht der Nerd in der Küche?

Er kommt!

Ich weiche schnell zurück, schließe die Kellertür bis auf einen minimalen Spalt. Im Moment ist mir sogar der Blick mit dem Selfiestick zu riskant. Ich lausche nur. Der Typ schlürft wirklich ein Getränk. Nicht zu überhören. Und er schlurft offenbar ins Wohnzimmer.

Ich öffne die Kellertür wieder ein wenig mehr, schleiche ihm nach. Vielleicht hätte ich meine Geckis anziehen sollen, doch sofort verwerfe ich den Gedanken. Die Decken hier sind viel zu niedrig, um sich an sie zu heften und sich dadurch zu verstecken.

Ich werfe einen vorsichtigen Blick ins Wohnzimmer. Im ersten Moment schrecke ich zurück. Mit einem Wohnzimmer hat der Raum rein gar nichts zu tun. Es sieht hier ähnlich aus wie im Keller. Eine vollgemüllte Arbeitsplatte mit einem Bildschirm darauf reicht von einer Wand zur anderen. Seitlich davon hängt allerdings ein Flatscreen, zwei Meter davor, mitten im Raum, steht ein abgeschabtes Sofa. Gegenüber zeigt ein großes Fenster zum Garten, doch der Rollladen ist halb heruntergelassen und taucht den Raum in ein düsteres, fades Licht, obwohl draußen wunderbar die Sonne scheint.

Der Nerd sitzt mit dem Rücken zu mir an seinem »Arbeitstisch« vor den Bildschirm und pfriemelt dabei irgendetwas vor sich hin. Ich würde gern wissen, was.

Ich pule aus meiner Hosentasche ein paar Centstücke hervor. Eines davon werfe ich gegen die Fensterscheibe und ziehe mich sofort zurück. Der Nerd reagiert prompt. Dreht sich um. Überlegt. Lauscht. Widmet sich dann wieder seiner Arbeit.

Nächster Versuch. Wieder werfe ich ein Centstück gegen die Scheibe. Der Nerd zuckt zusammen, dreht sich wieder um, lauscht intensiver. Erhebt sich. Lauscht erneut. Geht langsam zum Fenster. Bückt sich, um unter dem Rollladen hindurch nach draußen sehen zu können. Der Blick reicht ihm nicht. Er lässt den Rollladen elektrisch ein wenig hochfahren. Schaut. Grübelt. Guckt.

Dann habe ich Glück. Draußen scheint sich tatsächlich etwas zu bewegen. Der Nerd öffnet die Terrassentür neben dem Fenster, greift nach einem Gewehr, das neben der Terrassentür steht.

Verdammt! Das habe ich beim Routinecheck des Raumes tatsächlich übersehen. Wie ich jetzt sehe, steckt auch ein Magazin im Gewehr. Mist! Ob das Gewehr gesichert ist, kann ich von meiner Position aus nicht erkennen. Ich erinnere mich kurz an den Unterricht in der Agentenakademie: »Eine Schusswaffe ist nach der allgemeinen Verwaltungsvorschrift zum WaffG ›geladen‹, wenn sich eine Patrone im Patronenlager, Magazin oder in der Trommel befindet, auch wenn sie ungespannt oder gesichert ist.«

Und wieso sollte er ein leeres Magazin im Gewehr stecken haben?

Andererseits: Ein schussbereites Gewehr neben einer Terrassentür stehen zu lassen, ist nicht nur verboten, sondern völlig irre und verantwortungslos. Auf jeden Fall sollte ich höllisch aufpassen.

Der Mann duckt sich unter dem noch immer ein Stück heruntergelassenen Rollladen hindurch, geht hinaus auf die Terrasse. Dort wollte ich ihn haben.

Er geht um die Ecke in den Garten hinein.

Prima! Das gibt mir die nötige Zeit.

Ich schleiche auf Zehenspitzen zur Terrassentür, schließe sie leise von innen. Dann eile ich zum Computer, an dem er gerade gesessen hat. Vielleicht hab ich Glück und kann Pläne eines Anschlags finden.

Allerdings bin ich inzwischen fast restlos überzeugt, dass dieser armselige Nerd niemals ein Terrorist und schon gar nicht wichtiger Teil einer ganzen terroristischen Organisation sein kann. Andererseits ist ebenso eindeutig, dass bei dem Typ im Kopf nicht alles richtig läuft. Soo seltsam wie der sind nicht einmal Nerds.

Da ich ihn mitten in seiner Beschäftigung gestört habe, muss ich weder ein Passwort knacken noch in seinem PC herumsuchen. Das Dokument, an dem er zuletzt gearbeitet hat, ist noch geöffnet. Offenbar hat er einen Brief geschrieben.

Einen Drohbrief! Das wird schon in den ersten Zeilen ersichtlich. Er klagt seine Lehrer an. Und seine Mitschüler.

Lehrer? Mitschüler? Der Typ ist doch viel zu alt, um noch zur Schule zu gehen. Ich schätze ihn auf zwanzig. Es handelt sich wohl um seine ehemalige Schule.

Ah, da steht's: Vor drei Jahren – kurz vor seinem Abitur – ist er von der Schule geflogen. Wegen illegaler chemischer Experimente, die er wohl heimlich im

Schullabor durchgeführt hat. Seitdem hat er offenbar nirgends mehr Fuß fassen können, konnte nicht Chemie studieren, was er eigentlich vorgehabt hatte, und will nun »allen beweisen«, was er draufhat.

Allen beweisen? Stopp mal! Was soll das denn heißen? Ich scrolle in dem Brief weiter nach unten. Es ist mühselig, ihn zu lesen.

Er ist in neunpunktschrift geschrieben einzeilig ausschließlich kleinschreibung keine zeichensetzung

Meine Güte, was für ein Irrer!

Da! Jetzt hab ich die Stelle, in der er beschreibt, was er vorhat. Er will …

WAS??? Ist der nicht mehr ganz dicht?

Ein Geräusch!

Verflucht, er kommt zurück. Steht schon wieder an der Terrassentür.

Ich kann mich gerade noch so wegducken. Zum Glück ist sein Zimmer ja mit allem möglichen Gerümpel vollgestellt. Da fällt es leicht, sich zu verstecken.

Der Nerd merkt nun, dass die Terrassentür von innen verschlossen ist. Er ist gewarnt; weiß, dass sich jemand Fremdes in seinem Haus befindet.

Ich muss mich extrem vorsehen.

Er verlässt die Terrasse. Vermutlich will er ums Haus herumgehen und von vorn reinkommen. Vorausgesetzt, er trägt seinen Schlüssel bei sich.

Ich renne nach vorn zur Haustür – und sehe, dass der

Schlüssel von innen steckt. Er kann also gar nicht ohne Weiteres reinkommen. Sehr gut.

Das gibt mir die Zeit, den Drohbrief als Beweismaterial zu kopieren. Naomi soll die Polizei verständigen. Die müssen diesen Irren sofort festnehmen. Er ist gefährlich.

Ich laufe zurück zum Computer und melde mich übers Smartphone gleichzeitig bei Naomi.

»Naomi, hör zu. Der Typ hier will seine ganze Schule infizieren!«

»Übers Trinkwasser?«, fragt sie sofort alarmiert.

»Nein«, antworte ich spontan, präzisiere dann aber: »Das heißt, ich weiß nicht, ob da ein Zusammenhang besteht. Ich glaube aber, eher nicht. Auf jeden Fall will er sich an Lehrern und Schülern rächen. Ich schicke dir sofort den Drohbrief.«

Während ich das sage, schicke ich den Brief auch schon per Mail an meine eigene Tarnadresse. Für solche Fälle hat jeder YOUNG AGENT einen eigenen, anonymen, nicht nachzuverfolgenden Mailaccount.

»Quoi?«, brüllt Naomi auf Französisch ins Handy. »Was ist denn das für'n Typ? Ich denke, du enttarnst eine Terrorgruppe?«

»Nix Terrorgruppe. Hier wohnt ein Irrer, der einen Grippevirus in seine alte Schule einschleusen will. Als Bestrafung nach dem Motto: ›Wer ist hier krank?‹«

»Oh merde!«, flucht Naomi. »Woher hat er die Viren? Und wo sind sie jetzt gerade?«

»Keine Ahnung«, antwortete ich. »Deshalb muss ja die Polizei …«

In diesem Moment zersplittert unter lautem Krach die Wohnzimmerscheibe.

Ich drehe mich hastig um – und kann es kaum fassen. Der Typ hat seine eigene Scheibe mit dem Gewehrkolben eingeschlagen. Jetzt haut er damit noch die Scheibensplitter aus dem Fensterrahmen, um sich daran nicht zu verletzen. Weil er nämlich gleich durch das Fenster in sein eigenes Haus einsteigen wird!

Für den Bruchteil einer Sekunde starren wir uns durch die nicht mehr vorhandene Scheibe an.

Dann erkenne ich, dass ich mit meiner Vermutung im Unrecht war: Sein Gewehr ist sehr wohl geladen.

Denn ohne mit der Wimper zu zucken, drückt er ab!

Ein antrainierter Reflex sorgt dafür, dass ich mich rechtzeitig zu Boden werfe, eine Hundertstelsekunde, bevor der Knall des Schusses ertönt. Nur dadurch bin ich rechtzeitig unten. Das Geschoss schlägt über mir in der Wand ein und hätte beinahe den Computer zerfetzt.

Der ist echt verrückt.

Oder er wollte den Computer treffen, um alle Beweise zu vernichten. Und mich als Zeugen.

Genauso ist es. Er ballert jetzt gezielt in seinen eigenen Computer, danach in das Sofa, hinter dem ich mich verkrochen habe.

Der Schaumstoff flattert aus dem zerfetzten Polster, die Kugel ist jedoch nicht durchgegangen. Hinter mir aber explodiert der Bildschirm des Computers nahezu.

Hier kann ich nicht bleiben.

Zwei, drei Schritte noch, und er hat mich.

Aus der Deckung kann ich mich aber auch nicht begeben, dann diene ich ihm ungeschützt als Zielscheibe.

Ich hatte mich darauf vorbereitet, es hier mit einer Terrorgruppe zu tun zu haben. Da werde ich mit diesem einen Irren allemal fertig.

Wie ein Gedankenblitz schießt mir diese Lektion unserer Ausbildung durch den Kopf:

»Auch und ganz besonders in einer lebensgefährlichen Situation gilt zweierlei:

a) Selbstbewusst handeln. Ich bin auf alles vorbereitet und trainiert. Ich bin besser und meinem Gegner überlegen.

b) Nicht emotional, sondern rational handeln. Will heißen: klaren Kopf bewahren und klug handeln.«

Aus meinem Rucksack ziehe ich eine kleine Patrone, etwa so groß wie die für einen Sahnesiphon. Sieht fast so aus wie die Miniatur-Pressluftflasche, um unter Wasser atmen zu können. Ich darf sie also nicht verwechseln. Tue ich auch nicht, immerhin ist die Pressluftflasche gold-, diese hier silberfarben. Die silberne hat einen kleinen Knopf, den ich jetzt drücke, um anschließend die Patrone in Richtung meines Gegners zu werfen. Eine Sekunde später steigt dichter, weißer Nebel auf und hüllt das Zimmer in eine undurchsichtige, milchig-trübe Suppe.

Jetzt kann ich hinter dem Sessel hervorspringen, ohne dass er mich sieht. Aber ich weiß, wo er steht. Ein kleiner Radar in meiner Armbanduhr zeigt es mir an. Und schon habe ich …

Ein Schuss knallt durch den Nebel. Ich zucke zusammen, spüre etwas schmerzhaft an meiner rechten Seite.

Nicht hinschauen, erst die Gefahr beseitigen!

Ich stürze auf den Nerd zu, bekomme ihn zu fassen, greife seinen Arm. Dann muss das Gewehr auf der anderen Seite sein. Ich packe zu, erwische das Gewehr, ziehe den Gewehrkolben blitzartig hoch, schlage damit zu. Unter kurzem Stöhnen fällt der Mann nach hinten um, lässt dabei das Gewehr los, das nun ich in der Hand halte. Mit zwei, drei schnellen Handgriffen entlade ich es, will mich erneut um den Typen kümmern – doch er ist nicht mehr da, wo er sein sollte.

Während ich auf den Radar an meinem Handgelenk starre, spüre ich einen Schlag von hinten.

Aber er hat nicht meinen Hinterkopf getroffen, sondern bloß meinen Rucksack.

Ein gezielter Tritt nach hinten.

Ein Aufschrei.

Das war sein Schienbein.

Ich drehe mich zu ihm um, bekomme ihn erneut zu

fassen, drehe ihm einen Arm auf den Rücken, zerre ihn raus aus dem Nebel, hinaus in den Flur, fessle seine Hände mit Kabelbindern, dann seine Füße mit einem Seil aus meinem Agentengürtel. Er fällt zu Boden, liegt dort – bewegungsunfähig.

»Wo sind die Grippeviren?«, frage ich ihn von oben.

Er grinst.

Und schweigt.

»Hast du auch was mit dem Trinkwasser zu tun?«, hake ich nach.

Er schweigt noch immer. In seinem Gesicht macht sich ein verunsicherter, fragender Ausdruck breit – ich sehe es an seinen Augen. Von vergiftetem Trinkwasser scheint er also noch nie etwas gehört zu haben.

Mist! Irgendwie …

Dann bringt uns dieser irre Typ leider nicht weiter auf dem Weg hin zu unserer eigentlichen Aufgabe. Und wir haben kostbare Zeit verloren, nur weil dieser Verrückte irgendwelche Rachepläne schmiedet. Mal ganz davon abgesehen, dass er mich hätte erschießen können.

Ich informiere Naomi, damit sie ein Spezialeinsatzkommando der Polizei losschickt. Meine Arbeit hier ist erledigt.

Ich muss verschwinden, ehe einer der Polizisten mich sieht.

Denn mich gibt es ja offiziell gar nicht.

Der Nerd wird vermutlich nichts über mich erzählen,

weil es ihm todpeinlich ist, von einem Zwölfjährigen überwältigt worden zu sein. Und wenn doch, das alte Lied: Niemand wird ihm glauben.

Ich zähle darauf, dass die Polizei die Viren ausfindig macht.

Und mache, dass ich wegkomme.

UNVERHOFFTE HILFE

»Grippeviren? Oh my God!«, ruft Charles ungläubig aus und schüttelt den Kopf. Natürlich hat er Naomis und meinen Funkkontakt mitbekommen. »But, es hätte auch etwas Schlimmeres sein können, right?«

»Auch an einer schweren Grippe können Menschen sterben«, stelle ich klar.

Charles nickt. »Yes, of course. And now?«

Zurück zur Zentrale – davon war ich eigentlich ausgegangen.

Erst durch Charles' Frage komme ich darauf, dass wir durchaus auch andere Optionen haben.

Ich meine, wenn wir schon eine bemannte Drohne zur Verfügung haben, dann könnten und sollten wir die nutzen, oder etwa nicht?

Genau das hat wohl auch Charles gemeint, wie ich sein Grinsen deute.

»Gute Idee!«, antworte ich und schaue auf meinem Smartphone nach, wo Gonzos altes Handy mit dem GPS-Chip gerade steckt.

Und bin erstaunt.

Es ist nicht mehr dort, wo ich es abgegeben habe.

»Oh«, sage ich, »das ging schnell.«

»What?«, fragt Charles.

»Wir fliegen hierhin«, teile ich ihm mit, während ich auf mein Handy tippe. Und gebe ihm dann die GPS-Koordinaten des Ortes durch, an dem Gonzos Handy auf meiner Karte blinkt.

Charles gibt die Koordinaten ein. Unsere Drohne dreht ab, ändert die Richtung gemäß des soeben eingegeben Ziels und beginnt – zu landen!

»Hey!«, rufe ich Charles zu. »Was machst du da? Nicht hier landen! Es sind noch elf Kilometer.«

Charles schüttelt den Kopf.

»Aber nicht mit diese Drohne«, widerspricht er. »Akku is empty.«

»WAS?« Ich fasse es nicht. »Wieso das denn? Reicht der Energiespeicher nicht mal für einen Flug hin und zurück?«

»Doch«, stellt Charles klar. »Genau dafür reicht er. Aber nicht für Umwege. Und erst recht nicht für – wie sagt man – Täuschungsmanöver für Nerds auf Wiese.«

Ich schlage mir mit der Hand an die Stirn. Natürlich! Die beiden neugierigen Typen auf dem Modellflugplatz …

Um sie von bohrenden Fragen abzulenken, haben wir es mit unserem Manöver und den Drohgebärden vielleicht etwas übertrieben. Und jetzt keinen Saft mehr im Akku.

»Verdammt!«, fluche ich ungeniert. »Wieso haben diese Scheißdinger nur so eine geringe Reichweite?«

»Es gibt auch größere Akkus«, belehrt mich Charles.

Ich will abwinken – weiß ich doch alles selbst.

Aber Charles ist und bleibt in jeder noch so heiklen Situation hundert Prozent korrekt. »Größere Akkus bedeuten mehr Gewicht«, doziert Charles jetzt. »Anderer Treibstoff wäre zu laut. Und wir haben so viel Strom verbraucht, weil wir auch einen Warnschuss abgegeben haben.«

Ich klatsche mir noch mal mit der Handfläche an die Stirn. Und dabei war es noch meine Idee gewesen, die Nerds durch einen Schuss vor den Bug einzuschüchtern. Na toll! Jetzt stranden wir hier mitten in der Pampa, statt dem Signal meines gekennzeichneten Handys zu folgen.

»Die Polizei ist gleich da!«, informiert uns Naomi. »Wo steckt ihr beiden? Laut meines Monitors bewegt ihr euch gar nicht.«

»Tun wir leider wirklich nicht.« Ich erkläre Naomi die Situation. »Wir müssen sehen, dass wir hier irgendwie anders wegkommen.«

»Das geht nicht«, widerspricht Naomi.

Ich verstehe nicht ganz. »Was soll das heißen? Wieso nicht?«

»Was wollt ihr denn mit der Drohne machen? Die ist so groß wie ein Segelflugzeug. Die könnt ihr euch ja wohl nicht in die Tasche stecken.«

Sie hat recht. Und das Ding hier unbeaufsichtigt stehen lassen können wir auch nicht. Denn es hat mit uns YOUNG AGENTS eines gemeinsam: Offiziell gibt es diese Drohne gar nicht. Sie ist unter größter Geheimhaltung ausschließlich für den Einsatz des Geheimdienstes bestimmt. Ich weiß nicht einmal, wie der Prof es hinbekommen hat, dass Charles und ich sie benutzen durften, ohne etwas von unserer Existenz zu verraten.

»Eine verquere Situation, ist es nicht?«, sagt Charles.

»Ja«, bestätige ich resigniert. »Ist es. Aber wir müssen so schnell wie möglich von dieser Wiese hier weg. Am besten dort drüben hinter die Hecke. Dann sieht uns wenigstens nicht gleich jeder Radfahrer, der hier vorbeikommt.«

»Okay«, stimmt mir Charles zu.

Wir starten einen Versuch, die Drohne anzuheben, müssen aber feststellen, dass sie viel schwerer ist, als wir vermutet – und gehofft – haben. Aus dem Heckenversteck wird also nichts.

»Das liegt an dem Motor und dem Akku und …«, beginnt Charles schon wieder zu erläutern.

»Ja, ich weiß!«, fauche ich ihn an. Und entschuldige mich sofort. Meine Nerven liegen blank. »Was sollen wir denn jetzt machen? Hierbleiben können wir nicht.

Gleich rückt ein paar Hundert Meter weiter die Polizei an. Die Nerds von vorhin sind vielleicht auch nicht weit entfernt. Wenn die uns nicht schon längst von irgendwo mit Ferngläsern und Teleobjektiven beobachten. Und wir kriegen das Scheißding nicht von der Stelle, weil es einfach zu schwer ist. Verflucht!

»Die Nerds!«, ruft Charles plötzlich aufgeregt, »sie sind unsere Rettung.«

»Hä?«, frage ich.

Charles zieht missbilligend die Augenbrauen hoch. Solche Wortstümpereien verabscheut er.

Um ihm den Gefallen zu tun, korrigiere ich mich: »Wie bitte? Die Nerds dürfen das Ding auch nicht entdecken.«

»Haben sie doch schon«, korrigiert Charles mich. »Aber Nerds sie interessieren sich nicht so sehr dafür, zu verbreiten Sensationsnachrichten. Sie mehr interessieren sich für Technik. Ich denke, sie werden sein sehr stolz, wenn sie dürfen uns zu helfen.«

»Wie sollen die uns denn helfen?« Ich verstehe nur Bahnhof.

»Das Problem ist unser Akku«, fängt Charles wieder an.

Ich verziehe genervt die Miene. »Ja, das weiß ich.«

Charles fährt ungerührt fort, seine Idee zu erläutern: »Er ist auch das schwerste Teil der Drohne. Wenn wir ausbauen ihn, wir können tragen die Drohne und sie verstecken. Den Akku allein wir können auch tragen. Zu den Nerds. Und sie bitten, ihn zu laden für uns.«

Einen Moment stehe ich nur verdutzt da.

»Die Nerds sollen den Akku aufladen? Das ist ein Spezialakku. Das können die doch gar nicht.«

»Ich bin sicher, doch«, behauptet Charles.

»Wie kommst du darauf?«

Charles grinst. »Weil es sind Nerds!«

Ein gutes Argument, muss ich zugeben. Das ist mal wieder eine von Charles' genialen Ideen. Wieso bin ich nicht selbst darauf gekommen?

Bleibt nur eine Frage: »Wo sind die Nerds?«

»Ich denke, sie sind nicht weit entfernt«, antwortet Charles. »Zuerst wir bauen den Akku aus.«

»Okay.«

Das ist nicht ganz so leicht, wie wir gehofft hatten. Immerhin sind wir zum ersten Mal mit dem Ding geflogen. Charles hat eine kurze Einweisung bekommen, wie man die Drohne bedient, aber das war's auch. Zwar finden wir in einem Klappfach ein Minitool, in dem wie in einem Schweizer Taschenmesser die wichtigsten Werkzeuge zusammengefasst sind, um unterwegs schnelle und leichte Reparaturen durchführen zu können, aber eine Anweisung, wie man den Akku rausbekommt, ist nicht dabei.

Ich bitte Naomi darum, im Computersystem des Geheimdienstes nach einer solchen Anleitung zu suchen.

Sie wird tatsächlich schnell fündig – nur anders als erwartet: »Gibt es nicht.«

»Was soll das heißen?«, frage ich nach.

»Na, ganz einfach«, erklärt Naomi mir. »Da es die Drohne offiziell nicht gibt, gibt es auch keine Anleitung dafür. Ist doch irgendwie logisch.«

»Aber irgendjemand hat das Ding doch gebaut. Irgendjemand wartet es. Irgendjemand im Geheimdienst bestimmt über den Einsatz von dem Ding.«

»Stimmt«, gibt Naomi zu. »Und das sind drei verschiedene Personen. Und bei keiner von ihnen komme ich ins System. Sorry, ihr müsst allein zurechtkommen.«

»Mist!«, schimpfe ich und beende das Gespräch.

Doch Charles ist guter Dinge. »Das bekommen wir schon hin.«

»Wir können helfen.« Mit einem Mal eine Stimme hinter uns.

Erschreckt drehen Charles und ich uns um. Hinter uns, nur ein paar Meter entfernt, stehen die beiden Nerds!

Oh Scheiße! denke ich. Wie kommen die denn hierher, ohne dass wir sie bemerkt haben? Entweder sie sind im Anschleichen fast besser als wir Agenten, oder Charles und ich sind echte Schlafmützen.

Charles reagiert schneller und pragmatischer als ich.

»Yes!«, antwortet er freundlich. »Wir müssen den Akku aufladen.«

Die beiden Nerds rücken etwas näher. Unsere Attacke von vorhin haben sie natürlich nicht vergessen, aber offenbar überwiegt ihre Neugier auf technische Innovationen.

»Das Modell haben wir noch nie gesehen«, wagt der eine zu sagen.

»Gibt es auch nicht. Prototyp«, antwortet Charles so selbstverständlich, als wäre er auf einer Sitzung des Modellflugclubs.

»Von welchem Hersteller?«, fragt der andere Nerd nach.

»Apple«, behauptet Charles, was natürlich komplett geschwindelt ist.

Allerdings: Ich habe keine Ahnung, wer die Drohne tatsächlich konstruiert hat, also: Wer weiß?

»Apple« scheint für die beiden ein magischer Begriff zu sein – und das hat Charles offenbar geahnt.

Sofort zieht sich ein strahlender Glanz über ihre Gesichter. Die Vorstellung, an einem Testflug einer noch geheimen, absoluten Neuheit des berühmten US-Konzerns beteiligt zu sein, muss für sie so sein wie Weihnachten und Ostern an einem Tag.

»Meint ihr, ihr bekommt das hin, unseren Spezialakku auszubauen und aufzuladen?«, frage ich stirnrunzelnd nach.

Die beiden nicken und stürzen sich auf die Drohne wie zwei Verdurstende auf eine Oase in der Wüste.

»Das Werkzeug…«, will ich gerade erklären.

Doch da ziehen die beiden bereits diverse Schraubendreher, Zangen, eine Wasserwaage, einen kompletten Drehmomentschlüsselsatz und sogar eine kleine Säge und ein paar Feilen aus ihren Taschen.

»Das haben wir gleich«, sagt der eine, ohne noch aufzublicken. Sein Kopf steckt tief in der Drohne. Genauso wie der seines Kumpels. Der allerdings kommt jetzt schon wieder hervor. »Achtung!«

Zu zweit hieven sie den schweren Akku heraus. Legen ihn auf dem Boden ab und betrachten ihn, als hätten sie soeben den Heiligen Gral geborgen.

Charles klatscht Beifall.

»Fantastic!«, lobt er. »Und? Könnt ihr den aufladen?«

Die beiden betrachten den Akku von allen Seiten, fachsimplen untereinander, bis der eine nach dreißig Sekunden mitteilt: »Klar, wir müssen nur ein paar Teile vom Schrottplatz besorgen.«

Charles und ich schauen uns erstaunt an. »Vom Schrottplatz?«

Die beiden nicken. »Gleich hier in der Nähe. Klein, aber fein. Da holen wir uns immer alles, was wir benötigen. Drähte, Schrauben, alte Chips und Platinen, die aber noch voll in Ordnung sind, und…«

Ich weiß nicht, wieso, aber schlagartig durchzuckt es mich: Dieser Schrottplatz könnte etwas mit unserem Fall zu tun haben!

»Wir kommen mit«, sage ich sofort.

Charles schaut mich einen kleinen Augenblick etwas verwundert an. Dann hat er offenbar meine Absicht erkannt und stimmt zu: »Auf jeden Fall.«

»Wir müssen nur noch schnell die Drohne gut verstecken.«

Zeitgleich mit meiner Ankündigung ertönen im Hintergrund die Sirenen der Polizeiwagen, die anrücken, um den verrückten Virustypen in Gewahrsam zu nehmen.

Kurz schauen die Nerds sich etwas verunsichert an. Sofort begreifen sie, dass wir und die Drohne irgendetwas mit dem Auftauchen der Polizei zu tun haben müssen.

Zum Glück verfallen sie verschwörerisch in einen Flüsterton, als der eine sagt: »Wir sollten uns beeilen.« Und der andere: »Wir haben einen guten Platz für eure Drohne.«

Sie winken uns mit sich und marschieren los. Die beiden schleppen den schweren Akku, Charles und ich die größere, aber leichtere Drohne.

»Sagt mal, kennt ihr eigentlich den Mann, der da hinten im Haus wohnt?«, frage ich ganz direkt.

Und bekomme auch prompt eine Antwort.

»Wir haben ihn nur ab und zu mal auf dem Schrottplatz gesehen. Ein Modellflieger ist er aber nicht. Auf unserem Flugplatz war er noch nie. Trotzdem sammelt er immer wieder Drähte und altes Computermaterial, genau wie wir.«

Mehr und mehr bekomme ich das Gefühl, dass uns unser Missgeschick genau auf die richtige Spur führt.

Hoffe ich jedenfalls.

Man darf als Agent ja auch mal mehr Glück als Verstand haben.

Bevor wir den Schrottplatz erreichen, führen uns die beiden Nerds zu einem großen Einfamilienhaus in der Nähe. Eigentlich ist es ein kleiner Bauernhof, wird aber als solcher nicht mehr genutzt. Das sieht man auf den ersten Blick.

»Hier wohne ich«, teilt uns der eine Nerd mit und stellt sich gleich vor. »Ich heiße übrigens Leonardo.«

Er wartet unsere Reaktion gar nicht ab, sondern fügt sofort hinzu: »Ja, genau. Wie da Vinci. Ist das nicht toll? Liegt daran, dass mein Vater auch so ein Tüftler, Erfinder und Bastler ist wie ich. Darum brauchen wir auch diese Scheune – viel Platz eben.«

Sein Freund schaut ihn währenddessen bewundernd an, und ich ahne, dass er das jedes Mal tut, wenn Leonardo seinen Namen nennt.

»Ich bin Liam«, stelle ich mich vor. Also mit meinem Agentennamen. Sicher ist sicher. »Und das hier ist Charles.«

»Wow!«, sagt der noch namenlose Nerd. »Wie Charles Darwin.«

»Äh … Ja, genau«, stottere ich etwas verunsichert. Offensichtlich hat er eine Vorliebe für Vornamen von berühmten Wissenschaftlern, weshalb er auch immer bewundernd guckt, wenn sein Kumpel seinen Vornamen nennt: Leonardo – wie da Vinci. »Wie heißt du denn?«

Er senkt den Kopf und antwortet leise: »Bloß Uwe.«

Ich erkenne sein Problem. Es gibt keinen berühmten Wissenschaftler mit dem Vornamen Uwe. Jedenfalls fällt mir keiner ein.

»Freut mich«, sage ich nur, um nicht weiter den Finger in die Wunde zu legen.

Zum Glück werden wir abgelenkt, weil Leonardo das Scheunentor öffnet. Vor uns liegt eine große, perfekt ausgestattete und eingerichtete Werkstatt. Genau das, was wir brauchen, um unsere Drohne so schnell wie möglich wieder flugfähig zu bekommen und Gonzos Handy zu verfolgen.

Uns läuft die Zeit davon.

Ein heimlicher Blick auf mein Handy verrät mir, dass es sich schon wieder bewegt. Verdammt, ich darf es nicht aus den Augen verlieren.

Wir tragen unsere Drohne in die Scheune und machen uns anschließend sofort auf den Weg zum Schrottplatz, der keine zehn Gehminuten entfernt liegt.

»Dort ist es«, sagt Leonardo freudig und zeigt auf ein Gittertor, hinter dem ein so kleiner Schrottplatz liegt, dass man ihn auf den ersten Blick eher für einen unaufgeräumten Vorgarten halten könnte. Eine kleine Einfahrt, durch die gerade eben ein Lkw passt, wird zu beiden Seiten von Koniferen umsäumt und führt direkt zu einem kleinen Haus. Von Schrott nichts zu sehen, außer ein paar Kisten und Metallteile, die direkt vor dem Haus unordentlich und schief aufgestapelt sind.

»Das Paradies liegt dahinter«, erklärt Uwe.

Wir öffnen das Tor, das merkwürdigerweise nicht verschlossen ist, gehen die Einfahrt entlang, dann einen schmalen Weg rechts am Haus vorbei, der, so vermute ich, zu einem gepflegten Garten führt, mit Terrasse, Grill und vielleicht einem kleinen Pool.

Doch weit gefehlt.

Als wir am Haus vorbei sind, stehen wir mit einem Mal vor einem Schrottplatz, schätzungsweise so groß wie ein Fußballfeld! Obwohl es sich eigentlich gar nicht schätzen lässt, weil man das Ende des Geländes nicht richtig einsehen kann. Der gesamte Platz besteht aus lauter Hügeln, als hätte sich hier jemand eine turbulente Crossbahn gebaut. Doch die Hügel sind nichts weiter als große Haufen fein sortierten Elektroschrotts. Der erste Hügel links von mir: alles aus Kupfer, dahinter: Aluminium, rechts davon ein Hügel aus lauter Kühlschränken, dann folgen ausschließlich Computermonitore, gefolgt von einem Berg Laptops. Wir gehen durch die schrottige Berglandschaft hindurch zu weiteren Hügeln: hier einer nur aus Platinen, dort einer ausschließlich aus Kabeln und Drähten. Und so geht es immer weiter. Der letzte besteht aus ausgedienten Handys.

»Na?«, strahlt Leonardo. »Zu viel versprochen?«

»Nicht schlecht«, sage ich, schaue Charles an, und der versteht: In Wahrheit meinte ich: grandios – für unseren eigentlichen Auftrag.

Wir haben uns gefragt, wo der ganze alte Elektroschrott gesammelt und von wo aus er illegal exportiert wird?

Hier haben wir die Antwort.

Wo, wenn nicht hier, liegt eine – von wahrscheinlich vielen – zentrale Sammel- und Verteilungsstätte?

Ich schaue auf mein Smartphone.

Gonzos Handy ist schon wieder unterwegs, wie ich befürchtet habe.

Aber Moment mal …

Ich beobachte weiter, wohin sich das Handy bewegt und stelle fest …

Stimmt das? Wenn es jetzt die nächste Straße rechts einbiegt, dann …

Tatsächlich: Gonzos Handy ist auf dem Weg direkt hierher!

Sehr interessant.

Charles und ich hätten diesen Schrottplatz also letztlich so oder so gefunden, auch ohne die zufällige Begegnung mit den Nerds.

Ich stecke das Handy wieder ein und will Charles bei

passender Gelegenheit über meine Entdeckung informieren. Die bietet sich mir, als die Nerds irgendwo in den Tiefen der Elektroschrottberge verschwunden sind.

»Wir sollten herausbekommen, wer abholt diese Dinge von hier. Und mit welche ship sie gehen in die Welt hinaus to Africa or India«, flüstert Charles mir zu.

Ich nicke, füge aber einschränkend an: »Wenn sie überhaupt exportiert werden.«

Charles zieht verwundert die Augenbrauen hoch. »Wieso du denkst nicht? Natürlich werden die Metalle verkauft von diese Ort. Und entsorgt in Ausland, zum Beispiel Nigeria. Du erinnerst nicht, was gesagt hat deine Prof?«

»Sieh dir mal die Berge an«, widerspreche ich. »Was, wenn das ganze Altmetall hierbleibt? Teilweise wird es eben verkauft an private und gewerbliche Bastler, die Nerds machen darunter bestimmt nur einen geringen Teil aus. Und teilweise wird es gleich hier illegal entsorgt.«

»Hier?«, hakt Charles nach. »Du denkst an the verseuchte water?«

»Ja«, sage ich. »Der Schrottplatz befindet sich auf dem markierten Gebiet, das der Prof uns gezeigt hat.«

Charles schüttelt dennoch den Kopf. »But, muss ich dir als Brite sagen, where you live, in welche Land?«. Er schmunzelt dabei. »In kein andere country wird der Müll … wie sagt man … strenger getrennt wie in Germany. Ihr seid ein Recycle-Musterknabe-Land.«

»Das ist aber extrem teuer«, wende ich ein.

»Eben!«, sagt Charles. »Und deshalb es auch wird strictly controlled. Ich denke, es wird sein kaum möglich, hier im Land das Giftmüll zu entsorgen illegal. But hier sammeln und nach Afrika ausfahren? Okay, ich denke, es könnte möglich sein«

Da ist was dran, gebe ich zu.

Um bei der Elektromüllentsorgung Geld zu sparen, ist es einfacher, entweder dubiose Schrotthändler zu bestechen oder gleich einen eigenen Schrottplatz als Tarnfirma zu eröffnen, um den ganzen Kram heimlich nach Afrika zu verschiffen. Dort wird es einfach auf die Müllkippe geworfen. Das ist bekannt, nichts wird dort unten dagegen unternommen.

Hier wäre das undenkbar.

Und die deutschen Unternehmen sind fein raus. Offiziell haben sie ihren Sondermüll zu einer Deponie gefahren. Inoffiziell aber zahlen sie nur die Hälfte von dem, was sie die Müllentsorgung kosten würde, an die Mafia, und ihr Dreck wird außer Landes gebracht. Das Unternehmen spart Millionen, die Mafia verdient auch Millionen. Für beide Seiten ein Riesengeschäft.

»Du meinst, dieser Schrottplatz hier ist in Wahrheit ein Tarnunternehmen für illegalen Müllexport?«, frage ich.

»Yes!«, sagt Charles.

»Und das verseuchte Wasser?«, hake ich nach.

»Von der Zwischenlagerung«, lautet Charles' Vermutung.

»Wir sollten den Platz observieren«, schlage ich vor.

»Und warten, etwas zu entdecken zufällig? Kostet zu viel Zeit«, widerspricht Charles. »Besser, wir sehen uns in diese Nacht mal um.«

Er zeigt mit einem Kopfnicken zum Haus.

Als hätte uns jemand belauscht, geht plötzlich die Terrassentür auf, und zwei zähnefletschende Rottweiler rasen auf uns zu.

»Verdammt!«, fluche ich. Und denke sofort an den Schrottplatz in Paris. Damals bin ich den Leibwächtern des Bosses nur darum entkommen, weil ich mir zuvor den Wachhund zum Freund gemacht hatte. Dass das hier auch gelingt, wage ich allerdings zu bezweifeln.

Auch Charles legt sofort die Hand an seinen Agentengürtel wie ein Cowboy an die Waffe kurz vor dem Duell. In unseren Gürteln haben wir nämlich Pfefferspray versteckt, was auch gegen bissige Hunde die letzte Rettung sein kann.

Doch kurz bevor die Rottweiler uns erreichen, ertönt ein lauter Pfiff von der Terrasse. Augenblicklich bremsen die Hunde ab.

Auf der Terrasse erscheint nun offenbar der Betreiber des Platzes. Groß, dick, glatzköpfig, mit tätowierten, muskulösen Oberarmen. Er trägt nur ein ehemals wohl weißes, schmutziges, ärmelloses Muskelshirt. Dazu eine weite Jogginghose und Badelatschen. Klischeehafter könnte man einen Schrotthändler nicht darstellen, aber genauso sieht er nun mal aus. Jedes Klischee hat eben auch einen wahren Ursprung.

Der Schrotthändler schlurft an uns vorbei, nickt uns kaum merklich zur Begrüßung zu und bleibt nur wenige Meter hinter uns stehen. Die beiden Nerds tauchen irgendwo zwischen den Hügeln auf, die Hände voller Drähte und Platinen. Einer von ihnen schleppt sogar eine alte Autobatterie heran.

Die beiden und der Schrotthändler grüßen sich, verhandeln kurz, dann drücken sie ihm einen Zwanzig-Euro-Schein in die Hand, worauf der Händler zurück in sein Haus schlurft, die Hunde zu sich pfeift und die Tür wieder hinter sich schließt.

»So, wir können«, sagt Leonardo motiviert. »Wir haben alles beisammen, um eure Drohne wieder startklar zu kriegen.«

Charles und ich schauen uns stirnrunzelnd an, können nicht so recht glauben, dass die beiden mit dem Gewirr an Schrott unsere Drohne wieder aufladen wollen. Aber gut.

»Okay«, sage ich. »Gehen wir.«

Während wir den Platz wieder verlassen, schauen Charles und ich uns unmerklich um. Das gesamte Gelände wird nachts anscheinend taghell ausgeleuchtet, denn auf großen Pfählen sind rundherum etliche Baustrahler angebracht. Die tauchen den Ort sicher in Flutlicht, fast wie auf einem Fußballplatz. Unter jedem Scheinwerfer entdecken wir außerdem eine Videokamera.

Der gesamte Platz ist umschlossen von großen, wunderschönen Koniferen, die eine grüne, natürliche Mauer bilden. Wenn man genau hinguckt, erkennt man allerdings direkt dahinter den Maschendrahtzaun, etwa drei Meter hoch. Und – wie man an den Klemmen und Drähten erkennen kann – unter Strom!

Kurzum: Das hier ist die reinste Festung.

Ich weiß zwar, dass Schrottplätze immer recht gut gesichert sind. Metalle sind halt wertvoll, und Diebe würden sonst wohl nicht lange auf sich warten lassen. Dennoch: so teuer und hermetisch abgeriegelt? Ob es da nicht noch mehr zu verbergen gibt als reinen Schrott?

Im Inneren stimme ich Charles jetzt zu. Sich vor den Schrottplatz zu setzen und ihn zu observieren, wird nichts bringen. Wir würden nichts erfahren.

Wir müssen rein, an den Safe oder den Computer. Wo große Geschäfte getätigt werden, auch illegale, wird es sicher Belege geben. Im Safe oder vielleicht auch nur aufgezeichnete Treffpunkte und Kontakte, gespeichert auf dem Computer oder dem Handy des Schrotthändlers oder auf einem Datenträger im Safe.

Natürlich haben wir auf der Agentenakademie gelernt, wie man in solche Art Festungen eindringt. Trainiert haben wir sogar mit viel höheren Sicherheitsmaßnahmen. Trotzdem birgt jeder Einbruch ein Risiko.

Der Adrenalinspiegel steigt, und niemals ist man vor blöden Zufällen gefeit.

Und wenn Charles tatsächlich recht hat und dies kein Schrottplatz ist, sondern in Wahrheit ein Depot der Mafia, die von hier aus illegal hochgiftigen Müll und toxische Metalle exportiert, dann kann es für uns sogar sehr gefährlich werden.

Denn die Mafia ruft nicht die Polizei.

Die hat ihre eigenen Regeln, mit Eindringlingen umzugehen.

Da landet man dann entweder in der Schrottpresse oder als Leiche auf irgendeinem Müllplatz in Afrika.

Als wir das Gelände wieder verlassen, fährt ein Lkw an uns vorbei. Er will offenbar von hinten an den Platz heranfahren.

Mein Smartphone zeigt mir, dass sich Gonzos Handy an Bord des Lastwagens befindet.

Offenbar wird just in diesem Moment also eine neue Ladung Schrott angeliefert.

Die Frage ist: Wieso landet mein ausgedientes Handy, das ich ordnungsgemäß im Recyclinghof abgegeben habe, auf diesem dubiosen Schrottplatz?

GEFÄHRLICHE NACHT – ERSTER TEIL

Tatsächlich haben unsere zwei Helferlein es hinbekommen, den Akku der Drohne in Rekordzeit aufzuladen. Zwei Stunden hat es am Ende nur gedauert, die Charles und ich genutzt haben, um zurück zum Schrottplatz zu gehen und dort zu beobachten, was weiter mit dem Lkw passiert ist, der unter anderem Gonzos Handy hierhertransportiert hat.

Die Observation hat sich richtig gelohnt. Denn entgegen unserer Annahme hat der Lkw nicht zusätzlichen Schrott ab-, sondern zugeladen!

Der Lkw fährt anscheinend die Plätze ab, die der Mafia gehören oder von ihr bezahlt werden, um den illegalen Müll einzusammeln, der dann zum Hafen gefahren wird, um ihn von dort nach Afrika zu verschiffen.

So jedenfalls haben Charles und ich es uns zusammengereimt. Und auch Naomi, mit der wir per Smartphone die ganze Zeit verbunden sind, stimmt unserer Theorie zu.

Gerade wollen wir mit der Drohne starten, um sie zurück zur Zentrale zu bringen, da sehe ich auf dem Display meines Handys, wo sich Gonzos Handy gerade befindet: auf der Autobahn Richtung Süden. Nix Hafen, nix Verschiffung!

»Wie kann das sein?«, frage ich Charles.

Auch der versteht es nicht.

»Gonzos Handy funktionierte doch noch einwandfrei, oder?«, fragt er.

Ich nicke, verstehe aber nicht, worauf er hinauswill.

»Vielleicht hat der Lkw-Fahrer es sich rausgefischt und behalten«, mutmaßt Charles.

Ich schaue ihn mit großen Augen an und klatsche mir die Hand vor die Stirn.

Daran habe ich gar nicht gedacht.

Klar könnte der Fahrer zugegriffen haben, als er ein tadelloses Handy im Müll entdeckte. In Glitzerpink ist es ja auch besonders auffällig.

Ich hätte wohl besser ein altes, defektes Smartphone nehmen sollen, um nachzuverfolgen, wie das Geschäft mit den alten, aber edlen Metallen und Rohstoffen funktioniert.

Andererseits: Was, wenn Charles' Theorie nicht stimmt?

Dann wird das Altmetall womöglich per Lastwagen nach Afrika gefahren und gar nicht verschifft.

Charles zuckt mit den Schultern, als ich ihm von meinem Verdacht erzähle. »Wieso nicht?«

»Wie bekommen wir das heraus?«, frage ich.

Naomi, die uns zugeschaltet ist, antwortet: »Entweder, ihr verfolgt mit der Drohne den Lkw bis Afrika. Das gibt aber Ärger mit den Luftüberwachungsbehörden von Frankreich, Spanien und den afrikanischen Ländern und damit Ärger mit der Zentrale …«

»Oder?«, hake ich ein.

»Oder ihr seht euch heute Nacht erst mal wie geplant auf dem Schrottplatz um …«

»Erst mal?«, frage ich dazwischen. »Und dann?«

»Und dann …«, setzt Naomi an, legt aber gleich wieder eine geheimnisvolle Pause ein.

»… und dann bei Shiona zu Hause. Wenn ihr Vater dahintersteckt und die gesamte Organisation des illegalen Metallhandels leitet, müsste man bei ihm doch Informationen darüber finden, und vielleicht auch darüber, wo er sich gerade aufhält.«

»Du meinst, wir sollen nicht weiter die Bandtreffen nutzen, um uns in der Villa umzusehen, sondern nachts dort einsteigen wie Einbrecher? Die Villa ist zehnmal besser gesichert als der Schrottplatz hier. Und der ist schon ne Festung.«

»Stimmt«, gibt Naomi zu. »Aber bisher sind wir während der Bandproben nicht besonders weit gekommen, weil Shiona uns einfach zu sehr auf Trab hält.«

»Ist ja gut«, sage ich.

Naomi hat recht.

»Und wie sollen wir das anstellen?«

»Wir behalten die Drohne fürs Erste«, schlägt Naomi vor. »Damit kommst du schon mal leicht sowohl aufs Gelände des Schrottplatzes als auch auf das der Villa.«

Guter Plan. Aber: »Ich? Wieso ich allein?«, frage ich.

»Ist doch klar«, erklärt mir Naomi. »Ich bleibe hier, überwache alles online, was geht. Vielleicht kann ich mich sogar in die Überwachungskameras einhacken und so beide Gelände zeitgleich im Auge behalten. Mindestens aber trägst du zwei Kameras bei dir, damit ich durch dich alles sehen und dich im Zweifel warnen kann. Na ja, und Charles fliegt das Fluchtfahrzeug – die Drohne.«

»Verstehe«, sage ich.

Ich gebe zu, das ist die beste Aufteilung. Auch, wenn ich damit der Einzige von uns dreien bin, der sich in wirklich große, unmittelbare Gefahr begeben muss.

»Okay«, stimme ich aber zu. »Fliegen wir zurück und bereiten die Nacht vor. Und wo lassen wir die Drohne solange?«

»No problem«, antwortet Charles. »Ich parke sie auf eine Dach von eine Haus. Ich werde schon finden etwas.«

Ich erinnere mich, wie Charles in Paris sogar einen großen Hubschrauber auf einem Hoteldach geparkt hatte. Da wird er mit der Drohne sicher keine Probleme haben.

»Okay. Also los!«

Acht Stunden später bin ich wieder zurück. Es ist zwei Uhr nachts. Unsere Drohne schwebt, ähnlich einem Hubschrauber, nur erheblich leiser, in etwa zwanzig Metern Höhe in der Luft, direkt über dem Einzelhaus des dubiosen Schrottplatzes.

Charles senkt die Drohne noch ein wenig ab bis auf zehn Meter. Das leise Surren dürfte nun innerhalb des Hauses zu hören sein. Aber selbst wenn es einer hört, muss der erst mal auf die Idee kommen, dass eine bemannte Drohne, die es ja offiziell noch gar nicht gibt, über seinem Haus schwirrt.

Ich hab mich standesgemäß für den Einbruch umgezogen: komplett schwarze Kluft, schwarzes Tuch über Mund und Nase, um bei eventueller Aufzeichnung nicht identifiziert werden zu können. Meinen Rucksack auf dem Rücken, meinen Agentengürtel umgeschnallt. Geschmeidige, ebenfalls schwarze Handschuhe aus einem speziellen Kunststoff, der es mir ermöglicht, mich abzuseilen und keine Abdrücke zu hinterlassen, mit dem ich aber trotzdem Tastaturen und Displays bedienen kann. Nur leider haben sie keine Gecki-Funktion, um an den Wänden hochzuklettern.

Ich habe Wireless-Kopfhörer im Ohr, um mit Naomi in Verbindung zu bleiben, und trage zwei Kopfkameras mit integrierter LED-Stirnlampe. Eine Kamera ist nach vorn ausgerichtet, die andere nach hinten. Wie Naomi es sich gewünscht hat. Die Aufnahmen kann ich mir auf die Innenseite meiner Nachtsichtbrille direkt vor meine Augen projizieren lassen, wo ich dann dasselbe sehe wie Naomi in der Zentrale.

»Naomi, was ist mit den Überwachungskameras?«, frage ich.

»Die sind tatsächlich nur an ein einfaches WLAN-Netzwerk angeschlossen, da konnte ich mich leicht einklinken. Ich sehe also exakt die Bilder, die die Kameras einfangen, und habe gleichzeitig die Aufnahme- und Alarmfunktion ausgeschaltet. Es wird sein, als wärst du nie dort gewesen.«

»Bestens, danke!«, sage ich. »Charles, dann seile ich mich jetzt ab.«

Ich hänge den Haken der Seilwinde an einen Karabinerhaken an meinem Gürtel, öffne die Kuppel der Drohne, klettere heraus und lasse mich mithilfe der motorisierten Winde herab, bis ich lautlos auf dem Dach des Hauses lande. Ich klinke mich aus dem Seil aus, das Charles wieder einrollen lässt.

Dann schwirrt er mit der Drohne wieder ab.

Schon schlagen die Rottweiler an. Ich habe damit gerechnet, der Schrotthändler hingegen ahnt sicher nicht, dass ich von oben komme.

Ich schleiche mich geduckt am Dach entlang und klettere die Steigleiter, die für den Schornsteinfeger fest installiert ist, hinunter bis kurz über die Regenrinne.

In dem Augenblick öffnet sich die Terrassentür.

Die beiden Rottweiler stürzen kläffend hinaus.

Sie wissen bloß nicht so recht, wo sie hinsollen.

Sie werden längst gewittert haben, dass ich auf dem Dach hocke. Aber das können sie niemandem mitteilen. Und so wirkt es, als stünden sie orientierungslos mitten auf dem Platz und kläfften sinnlos in die Gegend.

Jetzt muss ich schnell handeln.

Ich lege einen Giftpfeil in meine kleine, handliche Luftpistole, ziele durch mein Nachtsichtgerät – und drücke ab.

Augenblicklich kippt einer der Rottweiler zur Seite um. Der andere kläfft ihn an, kippt dann auch um.

Zwei Schuss, zwei Treffer.

Es handelt sich um ein sofort wirkendes Betäubungsgift, wie es ursprünglich indigene Völker im Regenwald benutzt haben. Heute wird es durchaus auch von Tierschützern, Rangern und so weiter verwendet.

In zwei Stunden werden die Tiere wieder unversehrt aufwachen.

Bis dahin bin ich längst fort.

Nun erst geht die Außenbeleuchtung an.

Der Schrotthändler schaut sich um, sieht seine Hunde auf dem Boden liegen, flucht, rennt auf sie zu und kniet sich zu ihnen, um zu prüfen, ob sie noch leben.

Genug Zeit für mich, auch ihm einen Pfeil zu verpassen.

Zack.

Der Koloss sinkt nieder zu seinen Hunden.

Ich habe jetzt zwei Stunden Zeit, mich in Ruhe umzusehen.

Eigentlich.

Aber ich muss noch zur Villa, also darf ich hier nicht herumtrödeln.

Durch die offene Terrassentür gelange ich ins Haus, offenbar erst mal ins Wohnzimmer. Drinnen sieht es nicht wesentlich anders aus als draußen. Ähnlich wie bei dem Irren, der seine Schule vergiften wollte, gleicht die Einrichtung einer Müllhalde.

Das Wohnzimmer aber interessiert mich nicht weiter. Ich durchforste mehrere Zimmer. Es ist schwer zu erkennen, welcher Raum welchen Zweck erfüllen soll: Müllhalde mit Fernseher ist wohl das Wohnzimmer, Müllhalde mit Bett das Schlafzimmer. Eine Müllhalde mit Schreibtisch aber finde ich nicht.

Wo ist das Büro, verdammt?

Das Haus hat insgesamt fünf Zimmer. Neben dem »Wohn-« und dem »Schlafraum« aber finde ich sonst nur vor, was ich bestenfalls als »Abstellkammern« bezeichnen würde: kleine, enge Räume, bis unter die Decke zugemüllt mit irgendwelchem Kram, den man gar nicht aufzählen kann: von Bilderrahmen über Berge alter Zeitungen und Leergutflaschen bis zu verrosteten Generatoren, kaputten Druckern, Schlittschuhen ohne Kufen, zerschlissenen Klamotten und ich weiß nicht, was noch alles.

Aber ich entdecke weder Ordner noch Computer noch Drucker noch einen Schreibtisch oder sonst was, das irgendwie auf einen Gewerbetreibenden hindeuten würde.

Das kann doch nicht sein!

Das dort draußen ist eindeutig ein Schrottplatz. Dazu muss es doch Papiere, Unterlagen, Genehmigungen, Frachtbriefe geben.

Gibt es aber nicht.

Bis ich in der Küche lande.

Neben Bergen von ungespültem Geschirr, zwischen einer schmutzigen Kaffeemaschine, benutzten Kaffeetassen und drei Tellern mit Essenresten, die vermutlich seit Tagen vor sich hin schimmeln, entdecke ich auf dem Tisch in der Mitte des Raums tatsächlich drei große Haufen Papiere. Einige Ordner liegen so wackelig darauf, dass sie jeden Moment herunterzufallen drohen.

Das soll das Büro eines Verteilungszentrums der Mafia für wertvolle Metalle sein? Niemals! Trotzdem sehe ich die Papiere und Ordner stichprobenartig durch. Es sind Prospekte, Autokataloge, Preislisten von Ersatzteilen der verschiedenen Hersteller von Autos, Haushaltsgeräten und so weiter. Nein, mit Buchhaltung, Frachtbriefen oder Ähnlichem hat das hier alles nichts zu tun.

Wer illegale Geschäfte und Geldwäsche betreibt, braucht eine peniblere Buchhaltung als jeder ordentliche, anständige Betrieb. Denn: Nur hinter einem scheinbar sauberen Geschäft lässt sich illegales Geld verbergen. Trotzdem suche ich die versiffte Küche weiter ab: den Boden, die Decke, die Wände und …

Stopp!

Was ist das da?

Kein einziges Bild an der Wand habe ich bisher im gesamten Haus entdeckt.

Aber nun hier: ein vergilbtes Poster einer nackten Frau aus irgendeiner Männerzeitschrift – eingerahmt!

Niemand rahmt sich ein solches Poster ein.

Schon gar nicht so ein Haushalt.

Ich nehme den Bilderrahmen vorsichtig von der Wand und – blicke auf die Tür eines in die Wand eingelassenen Safes.

Bingo!

Gerade will ich mein Equipment zum Knacken des Safes hervorholen, da höre ich ein leises Klicken hinter mir.

Langsam drehe ich mich um.

Vor mir stehen – die beiden Nerds.

Jeder von ihnen mit einem Gewehr im Anschlag.

Das kann ja wohl nicht wahr sein!

Für den Bruchteil einer Sekunde verstehe ich die Welt nicht mehr, traue meinen Augen nicht und möchte am liebsten laut loslachen.

Aber dann wird mir der bittere Ernst der Lage bewusst und welchen schwerwiegenden Fehler Charles und ich uns geleistet haben. Wie konnten wir den beiden einfach so blind vertrauen, uns blenden lassen und auf sie hereinfallen?

Ich hebe langsam die Hände, sage aber nichts.

Ich habe gelernt: Wenn man selbst schweigt, fängt in der Regel das Gegenüber an zu sprechen. Erst mal hören, was die beiden zu sagen haben; vor allem, was sie über mich wissen!

»Ihr habt euch auf dem Schrottplatz heute Nachmittag so merkwürdig verhalten. Da wussten wir gleich, dass etwas nicht stimmt«, beginnt Leonardo zu erklären.

Ich schweige noch immer.

Ich bin gespannt, ob sie für die Metallmafia arbeiten und nun Charles und mich als Agenten enttarnt haben.

Das würde mir für die beiden leidtun.

Denn dann bliebe mir nichts anderes übrig, als sie aus dem Verkehr zu ziehen.

Das klingt brutal, gebe ich zu. Und ich wüsste auch nicht, was der Prof mit ihnen anstellen würde, damit sie nichts verraten. Aber wir YOUNG AGENTS dürfen auf keinen Fall enttarnt werden. Das würde ein wichtiges Sicherheitsnetz in ganz Europa zerstören. Niemals würde der Prof das zulassen.

»Wir dachten, ihr bräuchtet wirklich nur Hilfe. Aber ihr seid Spione«, wirft Uwe mir offen an den Kopf.

Verdammt! Sie haben uns tatsächlich enttarnt. Aber wie ist es ihnen gelungen herauszubekommen, wer wir sind? Niemand weiß von uns. Wir sind nirgendwo registriert, außer in einer Mini-Geheimdatei in der Zentrale. Unmöglich, dass die beiden dorthin Zugang gefunden haben.

Und doch scheint es so zu sein. Sie sind uns auf die Schliche gekommen.

Jetzt gibt es keinen anderen Ausweg mehr. Ich muss die beiden aus dem Verkehr ziehen und den Prof verständigen. Das heißt, am besten wohl auch erst einmal betäuben. Gerade überlege ich, wie ich das anstelle, da …

»Ihr wollt uns bei der Behörde anschwärzen, nur weil dieser Platz nicht angemeldet ist?«, fragt Uwe. Es liegt etwas Weinerliches in seiner Stimme.

»Wie bitte?«, frage ich.

»Man bekommt hier draußen einfach keine Genehmigung für die Sammlung von Altmetall. Weil viel zu viel Grün drum herum ist«, erklärt mir Leonardo. »Aber dieser Platz bedeutet uns viel. Alle Hobby-Modellpiloten, Bastler …«

»… Nerds wie wir …«, bekennt sich Uwe.

»… leben von diesem Platz hier«, fährt Leonardo fort. »Es ist unser zweites Zuhause. Hier finden wir alles, was wir brauchen. Können in Ruhe basteln und schweißen, ausprobieren. All unsere Erfindungen und Experimente stammen von hier.«

»Das lassen wir uns nicht kaputtmachen. Auch nicht von euch Verrätern!«, stellt Uwe klar.

»Halt mal.« Ich muss nachfragen, um sicherzugehen, dass ich richtig verstanden habe, wovon die beiden reden. »Ihr glaubt, ich wäre ein Spion der Umweltbehörde?«

»Oder Spitzel für die Polizei«, ergänzt Uwe wütend. »Was denn sonst? Dabei wollt ihr doch nur selbst Geld machen mit eurer Entsorgung.«

Mir fällt ein Riesenstein vom Herzen.

Die beiden meinen mit »Spion« etwas ganz anderes, als ich befürchtet habe.

Gut, dass ich abgewartet und geschwiegen habe, sonst hätte ich mich womöglich noch selbst verraten.

Gerade will ich den beiden klarmachen, dass ich nun wirklich weder etwas mit der Umweltbehörde noch der Abfallwirtschaft zu tun habe. Da fällt mir ein: Quatsch. Wenn die beiden das glauben, dann sollen sie es weiterhin tun. Etwas Besseres kann mir ja gar nicht passieren. Denn bestreite ich ihren Vorwurf, müsste ich Ihnen erklären, was ich sonst mitten in der Nacht hier auf dem Schrottplatz zu suchen habe. Ich werde mich hüten. Im Gegenteil: Möglicherweise kann ich den beiden auf diese Weise sogar Informationen entlocken, auf die ich bei meiner Durchsuchung bisher noch nicht gestoßen bin.

»Okay«, gebe ich ihnen gegenüber also gespielt reumütig zu, »ihr habt mich erwischt. Ich bin aber kein

›Spion‹ der Umweltbehörde oder der Abfallwirtschaft, wie ihr es euch vorstellt. Die würden doch keine Kinder dafür einstellen. Ist doch klar. Die ›Spione‹ heißen bei denen übrigens ›Inspektoren‹, und die führen ganz normal tagsüber ihre Kontrollen durch. Es ist aber eine ständige Belohnung ausgeschrieben, wenn man denen wertvolle Hinweise gibt auf falsche Mülltrennung oder nichtfachgerechte Entsorgung.«

Das ist zwar frei erfunden, aber ich denke, darauf kommen die beiden nicht.

»Und«, ergänze ich listig, »vor allem auf Verunreinigung des Grundwassers.«

Vielleicht wissen sie sogar etwas über das Problem, an dem wir wirklich dran sind?

»Immerhin hundert Euro für jeden Tipp. Mann, das ist viel Geld für mich.«

Die beiden schauen sich an, nicken sich kurz zu und lassen dann ihre Gewehre sinken. Jetzt erst, als ich die Gewehre von der Seite sehen kann, erkenne ich, dass es gar keine richtigen Waffen sind, sondern nur Nachbildungen, wahrscheinlich für Live-Rollenspiele. Es sind Modellgewehre. Spielzeuge.

Es hätte mich auch gewundert, wenn die beiden Nerds echt bewaffnet gewesen wären. Das bedeutet für mich gleichzeitig, dass sie nichts von dem Treiben der Mafia auf diesem Schrottplatz wissen.

»Aber ich verspreche euch, ich werde nichts verraten.

Ich wusste doch nicht, wie viel euch dieser Platz bedeutet«, sage ich und versuche, Vertrauen aufzubauen.

»Du verpfeifst uns wirklich nicht?«, fragt Uwe hoffnungsvoll nach.

»Ich verspreche es«, betone ich noch mal.

Ich lege eine kleine Pause ein. Und hake dann vorsichtig nach. »Aber, ich meine, all das Metall hier. Wie wird denn das entsorgt?«

Leonardo winkt ab. »Mach dir keine Sorgen. Einmal im Monat kommen ein paar Lkw und holen alles ab, was wir nicht brauchen können. Die fahren es dann zurück auf einen offiziellen Recyclinghof und es wird vernünftig entsorgt.«

»Na, dann ist ja alles in Ordnung«, sage ich.

Natürlich ist das totaler Blödsinn. Aber die beiden scheinen das ganz offenbar zu glauben, vielleicht auch, weil sie es glauben wollen. Wurde ihnen wohl weisgemacht, und sie stellen es nicht infrage. Clever: Die Mafia sichert sich, indem sie den Nerds ein paar Schrauben und Drähte billig verkauft oder vielleicht hin und wieder sogar gratis überlässt, freiwillige, kostenlose Wächter ihres Depots.

Ich sag's ja immer wieder: Wer ein übles Geschäft betreibt, findet auch immer ein paar Dumme, die sich dafür ausnutzen lassen.

Ich bekomme allmählich eine Ahnung davon, wie das ganze fiese Geschäft funktioniert.

»Dann gehe ich jetzt«, schlage ich vor. »Und wir haben uns nie gesehen. Abgemacht?«

Die beiden stimmen zu.

Ich mache, dass ich wegkomme, bevor sie auf die Idee kommen nachzufragen, was ich mit den Hunden und dem Schrottplatzbesitzer angestellt habe. Vielleicht haben sie die noch gar nicht entdeckt?

Ich verlasse das Haus, laufe über den Platz, klettere über den Zaun und gebe Charles Bescheid, dass er mich mit der Drohne abholen soll.

Die Nacht ist noch nicht vorbei. Ich muss noch in die Höhle des Löwen: die Villa von Shionas Vater. Dort dürfte es um einiges gefährlicher werden als hier. Aber hoffentlich auch ertragreicher.

GEFÄHRLICHE NACHT – ZWEITER TEIL

»Stopp! Hier seile ich mich ab.« Wieder schwebt die Drohne zwanzig Meter über dem Haus. Dieses Mal über der Villa von Shionas Vater. Der Einsatz ist äußerst riskant.

Erwischt mich jemand, fliegen wir gleichzeitig bei Shiona auf. Dann ist Schluss mit der Band, Schluss mit unserem Zugang zum Haus, vor allem aber: die YOUNG AGENTS wären enttarnt, was einer Katastrophe ungeahnten Ausmaßes gleichkäme. Auch meine schwarze Vermummung wäre dann nur noch ein schwacher Schutz.

Ich weiß, dass die Leibwächter dieser Villa auf der Hut sind, besonders der »Gorilla«. Und der Dobermann ist auch nicht zu unterschätzen. Das Abhörgerät in seinem Halsband hab ich auf Live-Übertragung geschaltet, sodass ich über meinen Knopf im Ohr hören kann, was drinnen gesprochen wird. So bekäme ich wenigstens rechtzeitig mit, wenn denen etwas verdächtig vorkommt oder sie mich gar entdecken.

Leise surrend kurbelt mich die Seilwinde hinunter auf einen Teil der Villa mit Flachdach, auf dem ich geräuschlos aufsetze, das Seil löse und ihm kurz hinterhersehe, als die Winde es automatisch wieder aufwickelt.

Zumindest das hat unser Einsatz in der Band erbracht: Wir kennen uns mittlerweile einigermaßen gut in der Villa aus. Natürlich am besten hier ganz oben, in der dritten Etage, wo sowohl der Übungsraum als auch das Musikstudio liegt.

Das Arbeitszimmer, die Bibliothek und einige repräsentative Räume von Shionas Vater liegen im Erdgeschoss, ebenso wie die Küche und Abstellräume. Shionas Wohnbereich und ein Teil von dem ihres Vaters liegen in der zweiten Etage. Shiona selbst hat zwei Zimmer, außerdem ein eigenes Bad und ein Ankleidezimmer. Auf derselben Etage liegen mehrere Räume, die jetzt unbewohnt sein müssten, weil ihr Vater ja untergetaucht ist. Ebenso wie in der ersten Etage, wo sich ausschließlich ihr Vater bewegt.

Von Shionas Mutter haben wir bisher gar nichts mitbekommen. Shionas Eltern haben sich laut Zentrale wohl sehr bald nach ihrer Geburt getrennt. Shiona erzählt nie von ihrer Mutter, und gesehen haben wir sie auch noch nicht. Es gibt, ehrlich gesagt, nicht die kleinsten Anzeichen von ihr in Shionas Leben – soweit wir das bisher mitbekommen haben, zumindest. Die Mutter scheint also keinen Kontakt mehr zu ihrer Tochter zu haben. Vielleicht unterbindet ihr Vater den auch. Gerüchteweise lebt Shionas Mutter in den USA oder in Mexiko. Niemand weiß es so genau.

Shionas Vater hat öfter Frauen zu Besuch, die aber nie Kontakt zu Shiona haben. Soweit, wie die Zentrale berichtet, jedenfalls.

Ich schaue vom Dach hinunter in den Garten. Ich weiß, wo die Überwachungskameras angebracht sind. Es gibt keinen toten Winkel, alles ist überwacht.

Aber es gibt hier oben eine Dachluke.

Durch die steige ich ein, gelange zunächst in den Flur, der zum Musikstudio führt.

Alles ist dunkel.

Aber hier kenne ich mich inzwischen gut genug aus, sodass ich kein Licht brauche. Keine Taschenlampe und auch keine Stirnlampe. Vorsichtshalber ziehe ich die Gecki-Handschuhe über. Sollte überraschend jemand auftauchen, könnte ich mich – zumindest für einen Moment – an einer Wand oder an der Decke festhalten.

Alles ist ruhig im Haus. Sogar der Dobermann gibt keinen Mucks von sich.

Ich horche über meinen Knopf im Ohr noch mal nach.

Auch hierüber nichts zu hören.

Das macht mich jetzt allerdings doch eher stutzig. Denn ich höre den Hund nicht einmal schnarchen. Gut, einerseits logisch. Denn auch ein schlafender Hund hätte bemerkt, dass jemand durchs Haus schleicht, und angeschlagen. Da er es nicht getan hat, kann das eigentlich nur bedeuten, dass der Hund gar nicht da ist. Aber wo ist er dann? Und wo das Halsband mit meiner Abhörwanze? Für mich heißt es nur, noch vorsichtiger und aufmerksamer zu sein. Jeden Augenblick kann mir eine böse Überraschung drohen.

Vom Musikstudio aus führt ein Fahrstuhl direkt hinunter in die große Empfangshalle. Aber der wäre zu laut.

Ich muss die schmale Treppe nehmen, die am anderen Ende des Flures gelegen ist. Dort angekommen, öffne ich leise die Tür, die zur Treppe führt, und schleiche sie langsam hinunter. Zum Glück ist auch die Treppe, wie die ganze Etage hier oben, mit Teppich und damit geräuschdämmend ausgelegt.

Ich gelange unbehelligt in den zweiten Stock zu den privaten Gemächern.

Einerseits würde ich gern das Schlaf- und auch das Wohnzimmer des Vaters durchsuchen, andererseits schläft auf dieser Etage auch Shiona. Und ich habe keine Ahnung, wie tief ihr Schlaf ist.

Einen Moment lang zögere ich und überlege.

Dann entscheide ich mich: Ich werde es wagen.

Ich öffne die Tür von der Treppe zum Flur des zweiten Stocks. Der ist lang, und es gehen sechs Türen von ihm ab, drei zu jeder Seite. Eine auf der linken Seite, das weiß ich, führt zu Shionas Zimmer. Ihr zweites Zimmer geht aber nicht vom Flur, sondern direkt von diesem Zimmer ab, ebenso wie ihr eigenes Bad, das wiederum an ihr Ankleidezimmer grenzt. Auf der gegenüberliegenden, rechten Flurseite, bei den Zimmern ihres Vaters, ist es ebenso: Ein großes Wohnzimmer geht vom Flur ab, dahinter folgt direkt sein Schlafzimmer und dann sein Bad.

Aber da sind noch vier Türen, von denen ich keine Ahnung habe, was sie verstecken. Gästetoiletten vielleicht? Ein weiteres Badezimmer? Abstellkammern? Keine Ahnung.

Ich entschließe mich nachzusehen.

Die Erste dieser vier unbekannten Türen auf der rechten Seite des Flurs ist nicht verschlossen. Ich öffne sie, husche hindurch, schließe sie hinter mir und versuche, im Dunkeln so viel wie möglich zu erkennen. Die schummrige Sicht wird nach und nach klarer. Ich erkenne in der Mitte des Raumes einen großen Billardtisch, dahinter eine Bar.

Okay, hier ist nichts zu holen.

Schnell wieder weg.

Doch bevor ich gehe, platziere ich noch eine Abhörwanze in einem der Löcher des Pool-Billardtisches.

Sollte mich nicht wundern, wenn ein großer Teil der dunklen Geschäfte hier beim Billardspiel besprochen würde.

Jetzt aber nichts wie raus hier.

Zurück auf den Flur.

Gegenüber sind Shionas Räume. Alles wirkt ruhig. Welchen Grund hätte Shiona auch, mitten in der Nacht rauszukom…

Genau in diesem Moment sehe ich, wie die Klinke sich bewegt.

Verdammt!

Mit einem gewaltigen Satz springe ich zur Seite und gleichzeitig hoch und kralle mich mit den Geckis an der Wand fest, krabble daran empor, so weit ich komme. An den Füßen trage ich ja leider nur meine normalen Laufschuhe. Mit den Geckis an die Wand zu springen, war meine einzige Rettung, zurück zum Billardzimmer hätte ich es nicht mehr geschafft. Wie schon in der Pariser Bank klebe ich genau über der Tür, aus der Shiona nun heraustritt. Jetzt darf sie weder hochblicken noch sich umdrehen.

Shiona trägt einen Pyjama und – geht zur Treppe.

Was zur Hölle treibt die da?

Es ist mitten in der Nacht, drei Uhr!

Ich glaube kaum, dass sie in die Küche will. Denn Shiona besitzt einen eigenen kleinen Kühlschrank mit Getränken in ihrem Zimmer. Neben Wasser, Säften und Energydrinks gibt es sogar Bier und Sekt darin. Obwohl sie erst 15 ist. Ich war noch nie in ihrem Zimmer, Naomi hat es mir erzählt.

Ah, vielleicht hat sie Hunger? Allerdings isst Shiona

schon tagsüber kaum etwas. Da wird sie es erst recht nicht nachts tun?

Ob sie vielleicht ihren Vater trifft? Kommt der etwa heute Nacht hierher?

Shiona ist in der Tür zur Treppe verschwunden.

Ich atme durch und klettere vorsichtig von der Wand.

Ich melde mich über mein Headset bei Charles und Naomi, erstatte ihnen Bericht und frage, ob es draußen irgendwelche Anzeichen gibt, dass der Vater nach Hause kommt.

Charles ist mit der Drohne noch zwanzig weitere Meter aufgestiegen. Von dort oben behält er das Gelände im Auge.

»Nichts«, meldet Charles. »Auf dem Gelände ist alles ruhig und dunkel.«

»Was macht denn Shiona mitten in der Nacht?«, frage ich in die Runde.

Charles meldet sich: »Im oberen Stockwerk ist gerade Licht angegangen.«

Im oberen Stockwerk? Das ist das Musikstudio!

Mit anderen Worten: Nachts um drei Uhr geht Shiona im Pyjama ins Studio, um zu singen oder etwas aufzunehmen? Ist die bescheuert?

»Oh Mann!«, stöhne ich. »Die hätte mich um ein Haar erwischt. Das darf ja wohl nicht wahr sein!«

»Unser größeres Problem ist …«, sagt Naomi, »… solange Shiona im Studio ist, kannst du nicht raus. Jedenfalls nicht übers Dach. Denn auf dem Weg dorthin müsstest du direkt an ihr vorbei.«

»Scheiße!«, fluche ich.

»Charles, halt dich bereit, damit du Liam eventuell aus dem Garten abholen kannst.«

»Verstanden«, sagt Charles.

»Danke, Leute«, sage ich. »Jetzt wieder Funkstille.«

Wenn Shiona da oben im Musikstudio herumwerkelt, kann ich zumindest ungestört weiter nach unten gehen.

Ich schleiche mich die Treppe hinunter in den ersten Stock, der nur Shionas Vater gehört. Ich vermute aber, dass ich das, was ich suche, eher im Arbeitszimmer, das im Erdgeschoss liegt, finden werde.

Also steige ich die Treppe gleich weiter hinab – als ich plötzlich im Knopf in meinem rechten Ohr etwas höre.

Ich hatte doch gesagt: Funkstille!

Ich bleibe stehen, drücke den Knopf mit der Hand ein wenig fester in mein Ohr, lausche und erkenne: Das sind weder Naomi noch Charles, die da sprechen. Das ist: Shionas Vater!

Wow, er ist hier! Aber wo genau? Und mit wem spricht er?

Charles hat doch gesagt, das ganze Haus sei dunkel, bis auf das Licht in Shionas Musikzimmer. Der sitzt doch nicht in einem Zimmer, ohne das Licht anzumachen.

Ich versuche, während ich weiter dem Knopf im rechten Ohr lausche, mit dem linken »live« zu hören, ob sich im Haus etwas tut. Doch es ist alles ruhig.

Mittlerweile weiß ich aber, weshalb ich nur *seine* Stimme höre: Er telefoniert. Aber das kann nicht hier im Haus sein. Das würde ich hören.

Und ich weiß, mit wem er spricht: mit Shiona!

Dann übt sie dort oben gar nicht für unsere CD. Aber warum spricht sie nicht in ihrem Zimmer mit ihm? Ich vermute, sie sprechen über Funk und benutzen sicherheitshalber keine Handys, damit Shionas Vater nicht geortet werden kann. Sie können außerdem jedes Mal über eine andere Frequenz sprechen, sodass man sie nicht abhören kann. Und so ein Studio ist natürlich der perfekte Ort, um eine Funkanlage zu verstecken.

Kann das sein? Ich kann mich nicht erinnern, draußen eine entsprechend große Funkantenne gesehen zu haben. Aber vielleicht befindet die sich auf einem Teil des Geländes, das wir noch gar nicht gesehen haben.

Ich habe Glück. Offenbar hat ihr Vater seinen Hund zu sich geholt. Und der scheint nun genau neben ihm zu stehen. Kein Wunder, dass er hier in der Villa nicht angeschlagen hat. Er ist gar nicht hier.

Mist. Ich war davon ausgegangen, dass der Hund immer in der Villa bleibt.

Sonst hätte ich in sein Hundehalsband sicherheitshalber auch einen GPS-Chip geschmuggelt.

Das Gespräch selbst ist nicht sonderlich ergiebig. Shionas Vater erkundigt sich nur, wie es ihr geht und so weiter. Kein Wort über seine Geschäfte, kein Wort über seinen Aufenthaltsort.

Stopp! Shiona hat gerade gefragt, wann ihr Vater nach Hause kommt.

Die Antwort lautet: »Bald, sehr bald, mein Schatz.«

Geht's vielleicht etwas präziser?

Zum Glück hakt auch Shiona nach. »Wann denn genau, Papa?«, fragt sie etwas quengelig.

Doch ihr Vater wiegelt ab. »Sehr bald, wirklich. Du wirst sehen. Eines Morgens wachst du auf, und ich bin da. Ich muss jetzt auflegen. Schlaf gut, Kleines.«

»Gute Nacht, Papa.«

Die Funkverbindung wird unterbrochen.

Aber ich höre jetzt weiter über das Halsband des Hundes mit.

Shionas Vater redet noch ein bisschen mit seinem Hund, ansonsten scheint niemand bei ihm zu sein.

»Was? Du willst noch mal raus? Du hast Glück, da ich sowieso wach bin, können wir auch ein paar Schritte gehen. Aber der Metzger hat geschlossen. Das weißt du schon, oder?«

Ich höre weiter konzentriert zu.

Ein Metzger?

Das ist doch schon mal ein minimaler Anhaltspunkt: Dort, wo Shionas Vater sich aufhält, muss es einen

Metzger oder Schlachter, wie man hier in Hamburg sagt, geben.

Ich höre, wie eine Tür geöffnet wird. Zwei Autos fahren vorbei. Also dürfte er sich nicht unbedingt auf dem Land aufhalten. Wenn nachts zwischen drei und vier Uhr zwei Autos hintereinanderfahren, klingt das eher nach Stadt. Er begegnet jemandem, grüßt kurz – auf Französisch! Shionas Vater ist noch in Frankreich. Vermutlich in Paris. Bis dahin hat er extra seinen Hund kommen lassen? Dann will er wohl längere Zeit bleiben.

Ich gebe diese neuen Informationen gleich an Naomi durch.

In dem Moment höre ich Schritte von der Treppe.

Ich kann nicht ausmachen, ob sie von oben kommen oder von unten. Es könnte Shiona sein, die von oben kommt. Oder einer der Leibwächter von unten? Ich beende die Verbindung zu Naomi, verschwinde durch die nächste Tür und lande im Wohnzimmer von Shionas Vater. Es ist, soweit ich es im Dunkeln erkennen kann, sehr pompös, vor allem aber auffällig altmodisch eingerichtet. Man sieht den Möbeln auf den ersten Blick an, dass sie sehr teuer waren. Davon abgesehen könnte das aber die Einrichtung meiner Großeltern oder sogar meines 95-jährigen Uropas sein. Eine große, breite Couch mit weinrotem Lederbezug, davor ein tiefer Marmortisch und zwei zur Couch passende Sessel. Zu beiden Seiten der Couch stehen wie die Säulen eines Tores zwei riesige Tischlampen. Zur rechten Seite blickt man auf eine enorme Schrankwand, gegenüber der Couch ist ein Flachbildschirm in Kinogröße angebracht. An der linken Wand steht ein Schreibtisch, noch größer und schwerer als der vom Prof, aber in ganz ähnlichem Stil: irgendein Edelholz aus Kolonialzeiten.

Wenn ich mich hier gleich ohnehin vor einem ungebetenen, nächtlichen Besucher verstecken muss, kann ich auch mal im Schreibtisch nachsehen. Zur linken Seite hat er drei Schubladen, auf der rechten Seite eine Tür. In der Mitte, direkt unter der Tischplatte, noch eine Schublade. Alles verschlossen.

Ich beginne mit der Schublade in der Mitte, habe das Schloss mithilfe meines kleinen Türöffnertools schnell geöffnet, ziehe die Schublade auf und blicke auf gleich zwei verschiedene Waffen! Eine Walther PPK, eine kompakte Pistole, die einst eigens für die Kriminalpolizei entwickelt wurde. Daher auch ihre Bezeichnung: »Polizeipistole Kriminal«, kurz: PPK. Kaliber 9 Millimeter kurz. Daneben ein Revolver, wie man ihn heutzutage eher für die Jagd oder beim Militär benutzt. In diesem Fall eine Smith & Wesson in Edelstahl mit Holzgriff, Kaliber .357 Magnum.

In Waffenkunde war ich einer der Besten in der Agentenakademie. Ich prüfe kurz die Waffen. Sie sind beide geladen!

Ich schiebe die Schublade langsam wieder zu. Etwas anderes befindet sich nämlich nicht in ihr. Jetzt die obere Schublade links. Ich öffne das Schloss, da – wird die Tür zum Wohnzimmer geöffnet. Blitzartig ziehe ich den Kopf ein, ducke mich hinter dem Schreibtisch weg. Im selben Moment geht das Licht im Raum an.

Scheiße!

Unter einem Schreibtisch zu hocken, ist das denkbar blödeste Versteck, das man sich vorstellen kann. Schon als Vierjähriger beim Versteckspielen mit meinem Vater wurde ich unter dem Schreibtisch immer innerhalb von wenigen Sekunden gefunden. Als Kind lernte ich dann schnell, mich lieber im Wäschekorb im Bad oder im obersten Regal des Kleiderschranks zu verstecken. Einmal habe ich mich sogar in die volle Trommel der Waschmaschine verkrümelt. Das Versteck war so gut, dass mein Vater mich nicht gefunden hat. Eine halbe Stunde lang. Bis meine Mutter Wäsche waschen wollte. Um ein Haar hätte sie die Tür zugemacht und die Maschine angestellt, mit mir darin. Mein Glück war, dass ich die Wäsche zuvor herausgenommen hatte. Das fiel meiner Mutter natürlich noch rechtzeitig auf. Allerdings hätte sie dann um ein Haar einen Herzinfarkt bekommen, als ich urplötzlich aus der Waschmaschine herausgesprungen kam.

Jetzt allerdings habe ich keine Möglichkeit mehr, mir ein besseres Versteck zu suchen, also muss ich hier unterm Schreibtisch ausharren. Ich rechne jeden Moment damit, entdeckt zu werden, und bereite mich darauf vor. Sowie der Leibwächter hierhersieht und mich zufällig entdeckt, werde ich auf ihn zuspringen, ihn überwältigen und bewusstlos schlagen. Hoffentlich schnell genug, bevor er mich erkennt. Aber …

… er guckt nicht. Ein paar Schritte nur geht der Leibwächter durchs Zimmer, dann kehrt er zur Tür zurück, löscht das Licht und schließt die Tür. Er ist fort.

Ist er das wirklich?

Es könnte ein Trick sein. Der Klassiker unter den Tricks, sozusagen: so zu tun, als verlässt man den Raum, in Wahrheit steht man aber noch im Dunkeln in der Nähe der Tür und wartet darauf, dass der Versteckte sich in Sicherheit wiegt und aus seinem Versteck herausgekrochen kommt. Das würde bedeuten, dass der Leibwächter weiß oder zumindest ahnt, dass hier ein Eindringling ist.

Nicht mit mir. Auf solch einen alten, abgedroschenen Trick falle ich nicht herein. Ich bleibe hier hocken und rühre mich nicht. Darin bin ich gut.

Was aber, wenn ich mich irre? Vielleicht ist er doch gegangen, weil er gar niemanden sucht, sondern einfach nur eine übliche, nächtliche Routinerunde durch alle Zimmer der Villa macht. Dann hocke ich hier ohne Grund und warte ewig darauf, dass der Leibwächter geht, obwohl er schon längst weg ist.

Leider kann ich von meiner Position aus nicht bis zur Tür sehen.

Ich warte sicherheitshalber erst einmal weiter ab.

Lausche.

Nichts tut sich.

Ich höre kein Atmen. Kein Rascheln. Nehme keinerlei Bewegung wahr. Auch darin bin ich gut. Es gibt Bewegungen, die spürt man mehr, als dass man sie sieht. Wir haben das in der Agentenakademie immer und immer wieder geübt. Wir wurden mit verbundenen Augen in die Mitte eines Raumes gestellt, und dann mussten wir »spüren«, wo und wie sich jemand im Raum bewegt. Anfangs war das natürlich ein Desaster. Wir sind derart gewohnt, uns auf unsere Augen zu verlassen, dass andere Arten unserer Wahrnehmung weit unterentwickelt sind. Doch nach und nach lernten wir, die Anwesenheit einer Person zu empfinden. Und so auch jetzt: ich spüre einfach, dass der Leibwächter noch hier ist. Ich bezweifle, dass er über ähnlich gut trainierte Sinne verfügt, und nehme an, er ahnt bestenfalls, dass jemand mit ihm im Raum ist; oder noch weniger: möglicherweise vermutet er es nur.

Langsam und lautlos greife ich in eine Innentasche meiner Jacke, ziehe eine zarte Brille heraus und setze sie auf. So unscheinbar sie ist, so hervorragend lässt sich durch diese Infrarotbrille im Dunkeln alles erkennen. Nicht so gut wie mit dem Nachtsichtgerät, das auch noch in meinem Rucksack steckt, aber dafür ist sie kleiner, leichter und handlicher.

Langsam strecke ich den Kopf unter dem Schreibtisch hervor und blicke zur Tür.

Ich hatte recht. Dort steht der Leibwächter. Eine Pistole schussbereit in den Händen, lauscht er mit einer leicht schrägen Kopfhaltung in die Finsternis hinein. Seine Kopfhaltung erinnert mich an einen Wellensittich, dem man etwas vorsingt. Aber er konzentriert sich offensichtlich zur anderen Seite hin, weg vom Schreibtisch. Offenbar vermutet er den Eindringling im Schrank oder hinter dem Sofa.

Gut. So kann ich rechts am Schreibtisch vorbei und näher an ihn heranschleichen. Was bei den Wachhunden des Schrottplatzes und ihrem Herrchen gewirkt hat, funktioniert sicher auch hier. Ich setze mit langsamen, ruhigen Bewegungen meinen Rucksack vom Rücken ab, öffne ihn lautlos, ziehe die kleine Druckluftwaffe heraus, bestücke sie mit einem Betäubungspfeil und ziele durch meine Nachtsichtbrille auf seinen linken Oberschenkel. Ihm direkt in den Hals zu schießen, wäre wirkungsvoller, aber auch riskanter, ihn zu verfehlen. Ich habe weiter sein Bein im Fadenkreuz.

Und drücke ab.

Mit einem ultrakurzen, ploppenden Zischgeräusch sirrt der Pfeil ab und bohrt sich dem Mann in den Oberschenkel. Ihm bleibt nicht mal mehr die Zeit, ein gurgelndes Geräusch von sich zu geben. Er kippt augenblicklich zu Boden. Dieses Mal ist die Betäubungsdosis so eingestellt, dass sie zwar sofort wirkt, dafür aber nicht so lang anhält. Fünfzehn Minuten habe ich, maximal.

Da ich davon ausgehe, dass in dieser Zeit kein zweiter Leibwächter auftaucht, nehme ich die Infrarotbrille ab, knipse meine Stirnlampe an und öffne noch die Schreibtischschubladen zu meiner Linken. Darin liegen einige dünne Mäppchen. Ich greife das obere, blättere in den wenigen Seiten und lege es zurück. Nichts Interessantes darin. Schnell blättere ich die nächsten Mäppchen durch. Entdecke aber nur Lappalien, alltägliche Büropost: hier eine Stromrechnung, da eine Heizungsabrechnung. Zwei, drei Bestellungen. Ebenso alltäglich: Eine Hose hat er sich gekauft, sich einige Kisten Wein kommen lassen und wohl noch einige Dinge für Shiona. Ich sehe Rechnungen für Mikrofone, Mikroständer, einen Verstärker und so weiter. Ebenso die Quittung für einen neuen SUV, den er sich geleistet hat: 95.000 Euro. Für ein Auto! Meine Güte!

Ich will die Mappen gerade enttäuscht zurücklegen, als ich stutze.

Habe ich etwas übersehen?

Was war doch gleich in der ersten Mappe?

Ach ja, Zeichnungen, Bauzeichnungen.

Diesmal mache ich aber nicht den Fehler und sehe mir die Unterlagen auf die Schnelle hier durch.

Ich habe das Gefühl, auf den Zeichnungen gibt es etwas zu entdecken, also fotografiere ich sie, lege sie zurück, schließe den Schreibtisch und verlasse den Raum.

Mit Blick auf den bewusstlosen Leibwächter beschließe ich, nicht länger in der Villa herumzusuchen, sondern abzuhauen.

Zweimal habe ich schon Glück gehabt, das sollte ich nicht noch mehr herausfordern. Ich eile die Treppe hinauf. Von unter der Tür fällt ein schmaler Lichtschein aus Shionas Zimmer in den Flur, also wird sie wohl wieder im Bett sein. Ich husche an ihrer Tür vorbei ans andere Ende des Flures, hinauf, durch die Luke aufs Dach, während ich Charles Bescheid gebe, dass er kommen und das Seil herunterlassen soll. Charles reagiert prompt.

Ich klinke mich ins Seil ein, die Winde zieht mich hoch, noch während Charles startet. Ich baumle wie Weihnachtschmuck am Tannenbaum an der Drohne und fliege über das Gelände der Villa. Während des Flugs klettere ich das letzte Stück in die Drohne hinein.

»Alles okay?«, fragt Charles.

»Ja«, antworte ich. »Und wenn wir Glück haben, habe ich sogar etwas Interessantes entdeckt.«

EIN VERWEGENER PLAN

Naomi, Charles und ich brüten über den Bauzeichnungen und versuchen zu erkennen, wofür die sind. Nach meiner Meinung sehen wir den Grundriss eines großen Gebäudes, einer Lagerhalle vermutlich. Naomi bleibt skeptisch.

»Aber es gibt weder Fenster noch Türen. Oder gucke ich nicht richtig?«

Ich betrachte den aufgezeichneten Grundriss und bestätige ihre Annahme.

»Du hast recht«, sage ich. »Vielleicht nur vergessen, sie einzuzeichnen?«

»Türen und Fenster vergessen?«, fragt Naomi voller Unverständnis. »Wie soll das denn passieren? Die Maurer mauern sich ein, und wenn sie fertig sind, kommen sie nicht mehr raus, oder wie? Also: Welchen Sinn hat ein Gebäude, in das man nicht reinkommt?«

Nur Charles hat es natürlich mal wieder sofort raus. »Es ist gar kein Gebäude«, behauptet er.

»Sondern?«, frage ich. »Was soll es bitte sonst sein?«

Charles zögert. Aber nicht, weil er unsicher ist, sondern weil er den Ausdruck dafür nicht kennt. »Es ist wie… eine… wie sagt man in Deutsch: underground garage.«

»Eine Tiefgarage?« Wie kommt Charles denn darauf? »Wo ist denn die Einfahrt?«

»No, no«, korrigiert sich Charles. »Keine Garage. Sondern wie ein Keller, eine Halle. Nur underground. Unter der Erde. Look here.«

Er zeigt auf ein eingezeichnetes Rechteck. »An elevator.«

»Ein Fahrstuhl?« Das erstaunt mich jetzt wirklich.

»Ein Lastenfahrstuhl«, präzisiert Naomi. »Charles hat recht. Das ist natürlich die beste Tarnung. Oben betreibt man einen gewöhnlichen kleinen Schrottplatz. Völlig unauffällig. Legal…«

»Der Schrottplatz ist nicht legal, haben die Nerds behauptet«, unterbreche ich sie.

Naomi zuckt mit den Schultern. »Und wenn schon. Vielleicht haben sie das falsch verstanden. Oder der Schrottplatz hat nur ganz gewöhnliche Schwierigkeiten mit der Behörde, wie sie immer mal wieder vorkommen bei der ganzen Bürokratie. Ich glaube nicht, dass der Platz selbst wirklich illegal betrieben wird. Im Gegenteil: Die benutzen solche kleinen Schrottplätze doch als Tarnung. Da muss nach außen hin alles glattlaufen. Und vielleicht sind sie zusätzlich sogar nützlich zur Geldwäsche. Aber der wahre, illegale Handel mit dem ganzen elektronischen Sondermüll, der findet im wahrsten Sinne des Wortes unter der Oberfläche statt: unsichtbare Lagerung, unauffälliger Lkw-Verkehr und so weiter. Die gesamte Logistik ist dort, fällt niemanden auf, und man kann wunderbar unterirdisch die Sachen sammeln und wegtransportieren.«

»Wow! Das ist ziemlich clever«, stimme ich zu.

Charles nickt. »Genau. Und wenn die Behörden oder die Polizei kontrollieren, dann finden sie nur einen legalen Schrottplatz vor. Die gesammelten alten Computer, Handys und sonstigen Elektronikgeräte mit all ihren edlen Metallen bleiben unentdeckt.«

»Das kann ich mir gut vorstellen«, gebe ich zu. »Denn wir haben schließlich auch nicht den geringsten Hinweis darauf entdeckt, dass sich unter dem Platz noch ein Lager befindet.«

»Ich habe auch nicht gesagt, dass es dort so ein Lager gibt«, stellt Charles klar. »Wir können nicht sehen aus die Zeichnung, wo sich das Lager befindet.«

»Moment mal«, hake ich ein. »Du meinst, das unterirdische Lager auf diesen Plänen ist ganz woanders?«

Charles zieht die Schultern hoch. »Möglich. Und sehr wahrscheinlich, dass es viele solcher Lager gibt. Wir haben keine Hinweise, wo sie sich befinden.«

»Falsch!«, widerspricht Naomi. »Wir haben vom

Prof die Karte, die anzeigt, in welchen Gebieten das Grundwasser besonders belastet ist. Ich kann mir gut vorstellen, dass das Gift von diesen unterirdischen Sondermüllsammelstellen durchsickert. Die Quelle können die Behörden darum nicht lokalisieren, weil sie eben bisher nichts von diesen unterirdischen Lagerstätten wissen.«

»Dann gibt es solche Lager also vermutlich in Zehlendorf und Wannsee in Berlin, und hier nahe Hamburg im Raum Großensee. Letzteres dürfte ja wohl der Schrottplatz sein, den wir entdeckt haben. Oder nicht?«, fasse ich zusammen.

Doch Naomi winkt ab. »Dann haben wir das Depot dort übersehen. Wir müssen es aber ausfindig machen. Wenn wir uns irren und das SEK hinschicken, sind wir blamiert, und Shionas Vater wäre alarmiert. Die tatsächlichen Lager würden dann noch besser getarnt und geschützt werden.«

Charles nickt Naomi zu. »Du hast recht. Wir müssen noch mal selbst hin. Heimlich. Und das illegale Depot finden.«

»Genau«, sagt Naomi freudig motiviert.

Doch mir genügt das nicht. »Mir ist der Boss schon zweimal durch die Lappen gegangen und Shionas Vater einmal.«

»Lappen?«, fragt Charles. »What do you mean by ›Lappen‹?«

»Er ist mir entwischt«, wiederhole ich mit anderen Worten.

»Yes, ich weiß«, sagt Charles. »Beim zweiten Mal ich war dabei. In Paris.«

»Ja, schon gut«, versuche ich zum Thema zurückzukommen. »Ich wollte nur sagen, wenn wir das illegale unterirdische Lager finden, können wir zwar die Behörden informieren. Aber was dann? Dann kommt die Umweltbehörde mit der Polizei im Schlepptau, Shionas Vater bekommt eine Geldstrafe, und das war's. Wenn überhaupt. Vermutlich läuft der Schrottplatz unter einem anderen Namen. Shionas Vater wäre also fein raus. Die anderen illegalen Lager laufen einfach weiter. Und damit auch das große Geschäft von Shionas Vater, und wir bekommen ihn wieder nicht vor Gericht. Er wird uns das dritte Mal entkommen.«

»Liam hat recht«, stimmt Naomi mir zu. »Und noch schlimmer: Ohne Shionas Vater kommen wir auch nicht an den Boss heran. Wir müssen Shionas Vater oder am besten beide zusammen erwischen. So wie wir sie in Paris beinahe geschnappt hätten. Nur: Was schlägst du vor, Liam? Hast du eine Idee?«

Ich nicke und sage: »Wir melden das Depot nicht, wenn wir es gefunden haben, sondern wir zerstören es.«

»Was?«, rufen Naomi und Charles gleichzeitig.

Dann schauen sie erst sich an, als ob sie sich vergewissern wollten, ob der andere dasselbe verstanden hat, dann richten sich ihre verdutzten Blicke auf mich.

Die beiden sind derart überrascht von meinem Vorschlag, dass ich für einen Moment unsicher werde: Vielleicht haben sie recht und das ist absoluter Blödsinn.

Doch schnell bin ich von meiner Idee wieder überzeugt und erläutere sie: »Wenn wir das Lager zerstören, wird das Shionas Vater aufschrecken. Er wird nicht auf die Idee kommen, dass staatliche Organe – wie wir vom Geheimdienst – dahinterstecken, sondern denken, kriminelle Konkurrenten hätten ihn angegriffen.«

»Er wird vermutlich Rachepläne schmieden, um auf seine Konkurrenten loszugehen, gleichzeitig aber seine eigenen Depots entsprechend besser schützen müssen. Ich verstehe«, sagt Naomi.

»Ganz genau«, fahre ich fort. »Auf diese Weise zeigt er uns nicht nur unfreiwillig seine eigenen Depots, sondern auch die der anderen Kriminellen, zumindest seiner größten Konkurrenten.«

»Nicht schlecht«, sagt Charles anerkennend und streckt den Daumen hoch.

»Und …«, ergänze ich noch, »… Shionas Vater wird möglicherweise aus seinem Versteck herauskommen und in seine Villa zurückkehren, um alles von dort aus zu regeln.«

»Er hat Shiona ohnehin versprochen, dass er bald

nach Hause kommt«, erinnert Charles uns an das abgehörte Telefonat zwischen Shiona und ihrem Vater.

»Dann hat er einen Grund, eher zu kommen. Vielleicht sogar sofort und überstürzt«, hoffe ich laut.

»Und macht dabei einen Fehler, sodass wir ihn aufspüren und überwältigen können«, fasst Naomi zusammen.

»Mein Wunschtraum«, sage ich.

Naomi und Charles strecken mir ihre Hände entgegen.

»Guter Plan«, sagen sie.

Ich klatsche mit beiden ab. »So machen wir es!«

»Wie?«, fragt Naomi.

Ich verstehe ihre Frage nicht so recht.

»Ich meine: Wie machen wir es?«, wiederholt sie. »Wie willst du das Depot zerstören? Feuer legen?«

Ich schüttle den Kopf. »Feuer könnte auch durch ein Versehen entstehen. Shionas Vater aber muss überzeugt davon sein, dass konkurrierende kriminellen Banden ihm schaden wollen.«

»Und das bedeutet?«, fragte Charles.

»Wir sprengen das Depot.«

»Sprengen?«, wiederholt Naomi erschrocken.

Charles ist sich nicht sicher, ob er es richtig verstanden hat, und fragt auf Englisch nach: »Blow up?«

»In die Luft jagen, ja«, bestätige ich.

»Aber ...«, will Naomi einwenden.

Doch ich komme ihr zuvor. »Wozu sind wir Agenten?«

»Dürfen wir das?«, fragt Charles.

»Danach fragen Agenten nicht«, behaupte ich. »Agenten machen das, was notwendig ist.«

Naomi und Charles schauen sich wieder gegenseitig an.

Überlegen.

Dann sagt Naomi schließlich: »Okay. On y va!«

Schnell sind wir drei uns einig, dass wir den Prof erst *nach* unserer Aktion informieren. Wovon er nichts weiß, das kann er uns auch nicht verbieten.

Das kleine Problem dabei ist bloß: Woher bekommen wir den Sprengstoff, wenn nicht über den Geheimdienst?

Naomi zeigt ihr bezauberndstes Lächeln und sagt: »Na, Leute, das ist doch nicht wirklich ein Problem. Leider. Erinnert ihr euch etwa nicht mehr an den Vortrag in unserer Unterrichtseinheit ›Sicherheit des öffentlichen Lebens‹?«

Doch, jetzt wo Naomi es erwähnt, erinnere ich mich dunkel an einen sehr bemerkenswerten Vortrag. Der Prof selbst war es, der ihn an der Akademie gehalten hat.

In diesem Vortrag hatte er unter anderem darauf hingewiesen, wie sehr unsere Sicherheit allein davon bedroht ist, dass heutzutage jeder sich im Internet eine Anleitung zum Bombenbauen ansehen und herunterladen kann.

Das ist immer so leicht dahingesagt, und jeder weiß das eigentlich.

Die Zahlen, die der Prof nannte, waren dann aber doch beeindruckend und beängstigend zugleich. Wenn ich es noch richtig im Kopf habe, sprach er damals davon, dass im Internet über fünf Millionen Bauanleitungen für Bomben und Sprengstoff kursieren, davon allein in Deutschland mehr als eine Million.

Ich weiß noch, wie ich damals erst einmal tief durchatmen musste, als ich das hörte. Und die Materialien dazu sind ebenfalls völlig problemlos im Onlinehandel zu bekommen. Denn es sind für sich genommen einfache, harmlose Chemikalien. Wasserstoffperoxid zum Beispiel ist ein übliches Mittel, um seine Haare blond zu färben, gleichzeitig aber auch ein wichtiger Bestandteil, um Sprengstoff herzustellen. Man muss nur wissen, welche Chemikalien man in welcher Dosierung zusammenmixen muss.

Und genau das erfährt man eben auf diesen Millionen Webseiten.

Wir YOUNG AGENTS wissen das sowieso. Wir haben das auf der Akademie gelernt. Das also ist es, worauf Naomi abzielt.

»Du meinst, wir bauen uns unsere Bomben selbst?«, frage ich ungläubig nach.

»Klar«, antwortet Naomi. »Und die Zutaten brauchen wir nicht einmal online zu kaufen. Die bekommen wir in Apotheke, Drogerie und Chemikalienfachhandel. »Hey, wir sind Kinder! Niemand käme auf die Idee, dass wir Sprengstoff herstellen, wenn wir sagen, wir brauchen das Zeug für den Chemieunterricht.«

LETZTE VORBEREITUNGEN

Wir sind bereit. Während Naomi die beste Technikerin und Pilotin an der Akademie war, war Charles der beste Chemiker. Dass er die Drohne geflogen ist, lag nur daran, dass wir Naomi dringender am Computer brauchten.

Jetzt aber kann Charles sich in seiner Paradedisziplin beweisen, was ihm auch sehr gut gelingt. Eine Anleitung braucht Charles nicht, er hat das ganze Wissen von der Akademie noch in seinem Kopf gespeichert. Die einzelnen Bestandteile zu besorgen, ist ebenfalls kein Problem. Wir drei teilen uns auf: Ich kaufe in der Drogerie ein, Naomi in der Apotheke, Charles im Chemiekalienfachhandel.

Als einzige Frage bleibt, wo wir den Sprengstoff herstellen sollen.

In der Zentrale geht das natürlich nicht.

Aber ich habe ja meine geheime Kammer in der Schule, in die wir uns also zurückziehen werden. Gegen drei Uhr nachmittags kommt das Reinigungspersonal, um sich die Putzmittel aus der Kammer zu holen, also verabreden wir uns für den Vormittag.

In der ersten großen Pause – ich kann nicht schon wieder den ganzen Vormittag fehlen, meine Fehlzeiten sind einfach schon zu viele –, will ich unbemerkt mit Naomi und Charles in die Kammer. Die beiden sind vollgepackt mit Einkaufstüten, als ich sie am Schultor abhole. Ich weiß: Darin sind die Materialien, um die Sprengsätze zu bauen.

Ich gehe auf sie zu, nehme ihnen jeweils eine Tüte ab und sage: »Schön, dass ihr pünktlich seid. Wir müssen uns beeilen. Euch soll hier niemand sehen.«

Aber kaum gehen wir in Richtung »Bombenbauzentrale«, da läuft uns prompt Gonzo auf dem Schulhof über den Weg.

Das musste ja so kommen. Wir hätten doch wirklich jedem begegnen können, nur nicht ausgerechnet dieser Nervensäge.

»Hey, Bratzbirne!«, ruft er mir wie immer zu, während er schnurstracks auf mich zukommt.

»Ach du Scheiße«, zische ich leise.

»Das ist Gonzo?«, fragt Naomi mich leise, wobei sie kaum ihren Mund bewegt.

Ich nicke kaum merklich.

»Bratzbirne, ich brauche mein Handy wieder«, sagt Gonzo direkt und ohne Umschweife. Charles und Naomi, die ein wenig im Hintergrund bleiben, scheint er gar nicht zu bemerken. Ich weiß aber, dass das ein Trugschluss ist. Mit Sicherheit hat er die beiden längst registriert.

»Was?«, frage ich ehrlich erstaunt. »Wieso das denn?«

»Du weißt doch, es war ein Geschenk meiner Mutter«, erklärt Gonzo. »Und sie findet es scheiße, dass ich es verkauft habe.«

»Aber es war superhässlich. Und du hast Geld für ein Neues«, erwidere ich.

Gonzo zuckt mit den Schultern. Und im Moment ist er nicht mal der Kotzbrocken, der er sonst immer ist, sondern einfach nur ein kleiner Junge, der Ärger von seiner Mama bekommen hat.

»Mir brauchst du das nicht zu erklären«, sagt er. »Aber meine Mutter sieht das nicht ein. Sie ist beleidigt. Also gib es mir zurück.« Er greift in die Tasche und hält mir tatsächlich die zweihundert Euro entgegen, die ich ihm für das alte Ding gegeben habe.

»Ich …«, fange ich an zu stottern. Was soll ich ihm sagen? Ich kann ihm ja nicht verraten, dass ich es zum Recyclinghof gebracht habe und gerade per GPS verfolge, wohin es illegal verfrachtet wird.

Im Hintergrund sehe ich, wie Abena näherkommt. Offenbar hat sie in der Schule noch keinen Anschluss gefunden. Da ich neben ihr sitze, bin ich ihr einziger Kontakt. In diesem Moment passt es mir gar nicht, dass sie kommt.

Ich muss mit Naomi und Charles in die geheime Kammer, sonst läuft uns die Zeit davon.

»Was?«, hakt Gonzo nach. »Gib mir mein Handy zurück. Was ist daran so schwer?«

»Ich hab's nicht mehr«, antworte ich ehrlich. Jetzt brauche ich aber eine gute Geschichte dazu. Denn schon folgt Gonzos erwartete Frage: »Wieso nicht? Was hast du denn damit gemacht? Wo ist es jetzt?«

Ich bräuchte nur einen Blick auf mein Smartphone zu werfen und könnte ihm exakt sagen, wo sich sein Handy gerade befindet: auf der Ladefläche eines Lkw, der sich bereits in Südspanien aufhält, auf dem Weg nach Afrika, vermutlich Ghana.

Wie auf ein Stichwort hat Abena uns erreicht. Sie stellt sich schüchtern etwas abseits, aber in Hör- und Sichtweite zu uns.

»Er hat es mir geschenkt«, sagt Naomi plötzlich aus dem Off.

Gonzo starrt mit großen Augen an mir vorbei. »Wer bist du denn?«

»Was geht dich das an?«, fragt Naomi zurück und geht einen kleinen Schritt auf Gonzo zu.

Naomis Auftritt wirkt. Gonzo ist sichtlich eingeschüchtert.

»Äh …«, stottert er. »Ich meine, es ist mein Handy.«

»Ach ja?« Naomis drohender Tonfall macht deutlich, dass sie für jeden Ärger bereit ist. »Ich dachte, Billy hätte es dir für zweihundert Euro abgekauft. Ist doch ein guter Preis. Billy hat es mir geschenkt. Zu meinem Geburtstag. Was dagegen?«

»Äh … öh …«, stottert Gonzo. »Nei… Ich meine, ja … Also. Das Handy gehört eben meiner Mutter, und sie will es unbedingt wiederhaben. Hier …« Er streckt nun Naomi hoffnungsvoll die zweihundert Euro entgegen. »Ich kaufe es von dir zurück. Okay?«

Naomi aber lässt sich gar nicht erst auf eine Diskussion oder Verhandlung ein.

»Hast du was mit den Ohren, Kerl?«, raunzt sie ihn an. Ich bin immer wieder erstaunt, wie Naomi es schafft, fast ohne französischen Akzent Deutsch zu reden. »Es ist mein Geburtstaggeschenk von Billy. Glaubst du wirklich, das würde ich verkaufen?«

»Ich … aber … meine Mutter«, stottert Gonzo.

Naomi äfft Gonzo nun nach: »›Meine Mutter, meine Mutter!‹ Was bist du denn für ein Muttersöhnchen, du Hosenpisser? Ich sag dir was: Ich zähle bis drei, und dann sehe ich hier nichts mehr von dir, kapiert?«

»Was?« Für einen Moment scheint es in Gonzos Kopf zu arbeiten, ob er sich so von einem Mädchen herumkommandieren lassen soll.

Naomi scheint das ebenfalls sofort zu spüren. Sie setzt die beiden Tüten, die sie noch immer trägt, auf dem Boden ab und geht angriffslustig weitere zwei Schritte auf ihn zu.

»Irgendein Problem, Hosenpisser?«

»Äh, nein, schon gut«, Gonzo hebt abwehrend die Hände. »Ich geh schon.«

Er wirft mir einen letzten Blick zu und wagt immerhin noch eine Drohung: »Wir sehen uns später, Bratzbirne.«

»Verpiss dich!«, blafft Naomi ihn an.

Gonzo dreht sich um und läuft weg.

Wow! Wieso bin ich nie so mit ihm umgegangen? Der Prof hat gesagt, ich soll mich zurückhalten, klein beigeben, mich schüchtern und schwächlich verhalten, um auf diese Weise am besten meine Fähigkeiten als ausgebildeter Agent zu verbergen. Aber Naomi hat Gonzo einfach die Meinung gegeigt und ihn eingeschüchtert. Und das ging auch. Niemand hat sie im Verdacht, eine Agentin zu sein. Wer sollte auch auf so eine Idee kommen?

»Können wir?«, fragt Naomi. Sie schaut auf die Uhr. »Die Zeit drängt.«

Wir wollen uns in Bewegung setzen, da spricht Abena uns an – die hatte ich ja ganz vergessen: »Wohin ihr wollen? Darf ich kommen mit?«

Ich drehe mich zu ihr um. Noch immer steht sie einige Meter abseits, senkt schüchtern und etwas verlegen den Blick zu Boden. Ich kann mir vorstellen, dass es sie einiges an Überwindung gekostet hat, auf uns zuzugehen und den Kontakt zu suchen. Wie gesagt, ich scheine der Einzige zu sein, an den sie sich wenden mag, weil ich zufällig neben ihr sitze.

Charles und Naomi schauen sich an. Ich weiß, die beiden werden allmählich ungeduldig. Wir müssen uns beeilen, sonst schaffe ich es nicht mehr rechtzeitig in den Unterricht und Charles und Naomi nicht, den Sprengstoff zusammenzumixen.

Natürlich kann ich Abena nicht einweihen in das, was wir vorhaben. Ich kann sie also unmöglich mitnehmen. Doch irgendwie bringe ich es auch nicht übers Herz, sie da so allein stehen zu lassen. Ich darf aber nicht unsere ganze Aktion gefährden, nur weil mir die neue Mitschülerin leidtut.

Wieder ist es Naomi, die schneller schaltet als ich.

»Du willst mit, obwohl du gar nicht weißt, wohin wir gehen?«, fragt Naomi.

Abena nickt bejahend.

Ich kläre Naomi schnell auf, dass Abena neu in der Klasse ist, neben mir sitzt und sonst noch niemanden hier kennt.

Naomi versteht sofort.

»Okay«, sagt sie. »Geht ihr los, Jungs. Ich bleibe hier mit Abena. Ich heiße übrigens Naomi.«

Abena schaut bestürzt. »Sorry, I didn't want to bother you. If you'd rather be alone …«

Naomi zieht die Augenbrauen hoch.

»Sie versteht schon gut Deutsch, spricht aber noch schlecht«, erkläre ich.

Naomi schaut lächelnd zu Charles, und ich weiß, dass

sie sagen will, Abena sei genau wie er. Aber nur mit ihrer Mimik. Denn Abena muss vorerst nicht wissen, dass Naomi und Charles keine Deutschen sind. So wenige Informationen wie möglich.

»Okay«, sagt Naomi wieder. »Die Jungs wollten eh nur auf Toilette. Wir warten hier.«

Charles und ich schauen uns verblüfft an. Was hat Naomi vor?

Doch schnell wird mir klar, dass dies die beste Lösung ist. Ich kann Charles in die Kammer führen. Anschließend, zum Ende der Pause, werde ich dann mit Abena in den Unterricht gehen, und Naomi kann in Ruhe Charles folgen und ihn beim Bauen der Bomben unterstützen.

Warum bin ich da nicht selbst draufgekommen? Wir müssen ja nicht alle drei um den Bausatz herumstehen.

»Genau«, stimme ich also schnell zu. »Dauert nicht lange. Wir sind gleich zurück.«

Naomi drückt mir und Charles ihre beiden Tüten in die Hand. Zu Abena sagt sie: »Wir beide gehen ein wenig spazieren, da nerven die Tüten mit eurem Chemiekram bloß«

Charles und ich schauen Naomi entsetzt an. Hat sie da gerade »Chemiekram« gesagt? Ist sie verrückt? Sie kann uns doch nicht so einfach verraten und bloßstellen.

Naomi wirft Abena ein vielsagendes Lächeln zu. »Charles und ich sind von der Nachbarschule. Die beiden Nerds wollen sich ihr eigenes Silvesterfeuerwerk basteln. Harmloses Tischfeuerwerk natürlich nur. Trotzdem: nicht verraten, okay?«

Silvesterfeuerwerk? Wir haben Sommer!

Doch Naomis abstruse Geschichte scheint zu funktionieren.

Abena schaut uns allerdings ein wenig verwirrt an.

»Silvester?«, fragt sie.

»Ja«, antwortet Naomi. »Feiert ihr in Ghana nicht Silvester? Mit Feuerwerk und so?«

Abena schüttelt den Kopf. »No. Wir gehen in church.«

»Ihr geht in die Kirche?«, frage ich jetzt nach.

Abena nickt.

»Das ist alles?«

Abena nickt.

»Also«, übernimmt wieder Naomi das Wort, »hier in Deutschland macht jeder sein eigenes kleines Feuerwerk.«

Abena nickt. Und fragt: »Warum?«

Naomi lacht. »Ich weiß es auch nicht. Ist aber so. Die spinnen, die Deutschen! Also, Jungs. Geht schon mal los.«

»Du nicht Deutsche?«, fragt Abena.

Verdammt. Jetzt hat Naomi sich verplappert. Sie hat es auch gemerkt, stutzt und antwortet dann schlagfertig: »Meine Eltern sind aus Frankreich.«

Ich gehe mit Charles zur Kammer. Kurz bevor wir den

Fachraum-Trakt betreten, drehe ich mich noch mal zu den beiden Mädchen um. Sie haben sich auf eine Bank gesetzt, und ich kann nur hoffen, dass alles gut geht und Naomi nicht versehentlich zu viel von uns preisgibt.

Dass sie aus Frankreich kommt, war eigentlich schon eine Information zu viel.

In der Kammer gibt es keine Probleme. Es ist alles wie immer.

»Und hier ich habe Zeit bis three o'clock?«, versichert sich Charles erneut.

»Maximal«, sage ich. »Besser wäre, wenn du früher fertig bist.«

Wir packen gemeinsam die Tüten aus, dann muss ich los, wenn ich nicht zu spät in den Unterricht kommen will. Ich hole Abena ab, und sie verabschiedet sich dankbar von Naomi. Sie vereinbaren, in Kontakt zu bleiben, was ich nicht gerade für eine gute Idee halte. Aber Naomi wird schon wissen, was sie tut. Unbemerkt stecke ich ihr einen Zettel zu, auf dem ich ihr den Weg zur Kammer aufgezeichnet habe.

In der nächsten großen Pause kehre ich dahin zurück, um zu sehen, wie weit Charles mit Naomis Hilfe gekommen ist.

In der Kammer angekommen, linse ich ums Regal herum, wo die beiden in meinem kleinen »Versteck« sitzen, und frage: »Wie sieht's aus?«

»Gut«, sagt Charles.

Ich sehe auf dem kleinen Tisch zwei Päckchen liegen, aus denen einige Drähte herausschauen.

»Sieht gefährlich aus«, sage ich.

Naomi, die neben Charles sitzt, schaut zu mir rauf. »Ist es auch.«

Charles sieht mich nun auch an. »No, ist es nicht. Nicht, solange ich keine Batterie angeschlossen habe. Die Zündung braucht Strom.«

»Und?«, frage ich nach. »Bist du schon fertig?«

Charles nickt. »Yes. We can go.«

Wir packen schnell alle unsere Sachen zusammen und verlassen die Kammer, wobei ich vorangehe. Und darauf hoffe, nicht wieder Gonzo oder Abena oder sonst wem aus meiner Klasse über den Weg zu laufen.

»Okay«, gebe ich das Zeichen, nachdem ich mich vergewissert habe, dass niemand zu sehen ist. Wir gehen weiter den Flur des Fachraum-Trakts entlang. Als wir zum Ende des Trakts kommen, spähe ich erst vorsichtig aus der Tür raus.

Die Luft ist rein.

Weiter über den Schulhof, aber dieses Mal zum Hinterausgang, Richtung Lehrerparkplatz.

Ich atme aus: Wir haben es geschafft, die Schule unbemerkt zu verlassen.

An der nächsten Straßenecke bleiben wir stehen.

Denn wir alle drei wissen: Jetzt steht uns die schwierigste Aufgabe bevor.

Wir haben zwar den Sprengstoff und auch einen Plan, wie wir das illegale Lager von Shionas Vater in die Luft jagen wollen. Was wir aber noch nicht wissen, ist, wo sich dieses verdammte Depot überhaupt befindet. Nach allem, was wir gedanklich durchgespielt haben, vermuten wir, dass es sich doch unter dem privaten Schrottplatz befindet, in der Nähe des Modellflugplatzes.

Aber wo dort genau? Uns war rein gar nichts in diese Richtung aufgefallen.

Der Betreiber des Schrottplatzes dürfte im Übrigen ordentlich vorgewarnt sein, nachdem ich ihn und seine zwei Wachhunde für einige Zeit außer Gefecht gesetzt hatte. Schon wenn wir uns dem Schrottplatz nur nähern, müssen wir also extrem vorsichtig sein.

Wir hätten den Lkw, der Gonzos Handy auf der Ladefläche hat, observieren sollen. Denn der hat seine Ladung garantiert aus dem unterirdischen Depot bezogen, bevor er weiter nach Afrika gefahren ist.

Naomi hat eine Idee.

»Dann lassen wir uns halt hinführen«, schlägt sie vor. Und fügt auch gleich an, wie sie sich das vorstellt. »So ein Lkw wie der, den ihr gesehen habt, kommt ja wohl nicht nur einmal die Woche, oder? Ich vermute eher, mindestens einmal pro Tag, wenn nicht öfter. Wir könnten also auf dem Weg zum Schrottplatz einen abfangen. Es gibt ja nur eine Straße, die dorthin führt.«

Das ist machbar. »Und dann?«

»Na, ganz einfach. Du und Charles versteckt euch ungesehen im Laderaum und lasst euch bis zum Eingang des Depots kutschieren, dann könnt ihr euch reinschleichen.«

»Im Lastwagen verstecken?«, fragt Charles unsicher nach. »Wann und wie sollen wir das machen?«

»Na, während der Fahrt natürlich«, antwortet Naomi. »Der wird kaum euretwegen anhalten.«

»Ne, ist klar«, sage ich. »Jetzt weiß ich auch, weshalb Charles und ich das machen sollen und nicht du«, lache ich bitter.

»Na ja«, kontert Naomi. »Ich fliege eben die Drohne, weil ich die beste Pilotin bin. Und von der aus seilt ihr euch ab. Oder wolltet ihr dem Lkw hinterherlaufen und aufspringen oder darauf hoffen, dass er irgendwann eine Pause einlegt?«

Charles und ich schauen uns an. Das ist in der Tat ein guter Plan.

Die Sache hat nur einen Haken, merke ich an: »Die Drohne ist nicht für drei Leute ausgelegt. Zwei sind eigentlich schon einer zu viel an Bord.«

Naomi nickt. »Deshalb muss ich euch auch nacheinander auf dem Lkw absetzen. »Zuerst Charles. Und du, Liam, positionierst dich am besten schon auf dem Modellflugplatz direkt nebenan. Wenn ich Charles auf dem Lkw abgesetzt habe, hole ich dich ab und fliege dich zum Lkw. Das müsste zeitlich locker zu schaffen sein.«

Charles und ich sind uns einig.

»Brilliant!«, lobt Charles. »Jetzt wir müssen nur noch holen die Drohne. Und warten auf eine truck.«

»So ist es«, bestätigt Naomi.

»Vielleicht müssen wir gar nicht warten«, entgegne ich. Denn als ich kurz auf mein Smartphone schaue, stelle ich Erstaunliches fest: »Gonzos Handy kommt zurück!«

»Was?«, fragt Naomi verwirrt.

Ich zeige ihr und Charles den Bildschirm, auf dem das blinkende Symbol sich Richtung Hamburg bewegt. Zurzeit ist es auf der Höhe von Kassel.

Dann hatte Charles doch recht mit seiner Vermutung. Offenbar hat sich der Fahrer das Handy tatsächlich rausgefischt und für sich behalten, statt es mit den anderen Altmetallen und dem Elektroschrott auszuliefern. Und jetzt ist er auf dem Heimweg. Wie es scheint, fährt der nicht selbst durch bis nach Ghana, sondern übergibt unterwegs den Lkw an einen anderen Fahrer und kehrt zurück, um die nächste Fuhre zu übernehmen.

»Welcher Lkw-Fahrer behält eigentlich so ein rosa Glitzerhandy?«, frage ich in die Runde.

»Wer sagt denn, dass es ein Fahrer ist und keine Fahrerin?«, wirft Naomi ein.

Charles und ich schauen sie an. Es wäre ja auch möglich, dass der Fahrer sich das Handy mitgenommen hat, um es seiner Tochter oder Oma oder so zu schenken.

Naomis Vermutung könnte aber natürlich ebenso zutreffen. Daran haben wir beide in der Tat noch überhaupt nicht gedacht.

»Hallo?«, sagt Naomi. »In welchem Jahrhundert lebt ihr denn? Es gibt doch längst weibliche Lkw-Fahrer.«

»Und die stehen auf rosa Glitzerhandys?«, frage ich zweifelnd nach.

Naomi zieht die Schultern hoch. »Weiß ich doch nicht. Wenn's funktioniert und gratis ist?«

»Wie auch immer«, sage ich. »Wenn wir Glück haben, behält sie – oder er – das Handy und zeigt uns, wann der nächste Lkw seine Ladung abholt.«

»Alles klar«, sagt Naomi. »Du überwachst das und gibst uns Bescheid.«

DER ANGRIFF

Das war ja klar. Nachts um drei reißt mich ein Piepen meines Smartphones aus dem Tiefschlaf. Der speziell von mir eingestellte Ton verrät mir, dass der Lkw unterwegs ist. Trotzdem taste ich nach dem Handy und schaue drauf, in der Hoffnung, dass doch etwas anderes der Grund für das ätzend frühe Wecken ist, vielleicht nur ein technischer Fehler.

Ist es natürlich nicht.

Der Lkw ist losgefahren.

Ganz sicher kann ich mir natürlich nicht sein. Denn der GPS-Chip ist ja nicht im Lkw eingebaut, sondern in dem Handy, das der Fahrer bei sich trägt. Deshalb kontrolliere ich auf der Karte sicherheitshalber die Fahrtrichtung. Nicht, dass der Fahrer gerade einfach nur mit dem Auto von irgendeinem Privatvergnügen nach Hause fährt.

Aber nein, die Richtung stimmt: zum Schrottplatz. Und das bedeutet, wir müssen uns beeilen.

Ich hatte zwar gehofft, die nächste Tour würde erst

am folgenden Tag losgehen, doch gerechnet habe ich schon damit, dass es auch nachts sein könnte. Deshalb hab ich mich auch gar nicht erst ausgezogen, als ich ins Bett gegangen bin. Shirt, Hose, Socken – habe ich alles angelassen. Ich brauche also nur meine Jacke überzuziehen, die Schuhe anzuziehen, den Rucksack aufzusetzen und Maske und Handschuhe mitzunehmen. Außerdem habe ich dieses Mal auch die neuen Gecki-Überzieher für die Füße im Gepäck.

Ich bin zum Aufbruch bereit. Und habe bereits eine Nachricht an Charles und Naomi gesendet:

Es geht los!

Mit meinem E-Bike bin ich in der Stadt genauso schnell wie ein Lkw. Das bedeutet, ich komme rechtzeitig am verabredeten Treffpunkt an: dem Modellflugplatz. Da er ganz in der Nähe und auf dem direkten Weg zum Schrottplatz liegt, muss der Lkw hier vorbeikommen.

Vom Lkw ist noch nichts zu sehen.

Ich stelle mein Bike etwas abseits, schließe es an – natürlich nicht mit einem normalen Fahrradschloss, sondern mit einer speziellen Sicherung vom Geheimdienst. Mit meinem Fingerabdruck lassen sich die Räder blockieren und gleichzeitig eine Alarmanlage aktivieren. Sollte jemand auf die Idee kommen, mein Bike forttragen zu wollen, ginge sofort die Sirene los, und ein GPS-

Sender würde aktiviert. Innerhalb kürzester Zeit hätte ich den Dieb ausfindig gemacht, und – ich gebe es unumwunden zu – dann würde er sich wünschen, niemals Hand an mein Rad gelegt zu haben.

Aber im Moment droht keine Gefahr. Kein Mensch ist weit und breit zu sehen.

Es ist kurz vor vier am Morgen, und das Einzige, was ich höre, ist ein leises Sirren in der Ferne, das näherkommt.

Über mir taucht so plötzlich die Drohne mit Naomi an Bord auf, dass ein Außenstehender wohl anfangen würde, an Ufos zu glauben.

Da ich mutterseelenallein im schummrigen Licht des ersten sommerlichen Morgengrauens stehe, erlaubt Naomi sich den Luxus, mitten auf der Straße zu landen. Sie öffnet die gläserne Haube und begrüßt mich so frisch, als hätte sie zwei Tage und Nächte durchgeschlafen. »Bonjour! Bien reposé?«

»Ausgeschlafen?«, antworte ich ihr auf Deutsch und starre sie entgeistert an, während wir zu zweit in die Drohne einsteigen. »Hast du mal auf die Uhr geschaut?«

»Die Vögel sind auch schon wach«, sagt Naomi. »Hörst du? Wie heißt noch das Sprichwort bei euch? Der frühe Vogel fängt den Wurm, oder?«

»Der frühe Vogel kann mich mal!«, antworte ich mürrisch.

»Charles würde jetzt fragen, was genau der Vogel

doch mal können soll«, sagt Naomi lachend und startet die Drohne.

»Apropos Charles: Ist er gut auf dem Lkw angekommen?«, frage ich.

»Natürlich«, antwortet Naomi. »Ich hab ihn schließlich hingeflogen.«

Naomi fliegt eine Linkskurve, folgt einer Hauptstraße. Von vorn sehen wir zwei große Scheinwerfer auf uns zukommen.

»Da ist er!«, sagt Naomi, fliegt eine scharfe Kurve nach rechts, dann gleich wieder nach links. Wir fliegen jetzt nicht mehr über der Hauptstraße, sondern über einer parallelverlaufenden Allee und den angrenzenden Feldern.

»Wir fliegen ihn von hinten an«, erklärt Naomi mir, steuert nun eine weite Linkskurve, bis sie direkt hinter dem Lkw wieder über der Straße auftaucht. »Wir sind in seinem toten Winkel. Ich fliege direkt über die Ladefläche, so tief, dass du abspringen kannst. Du landest auf der Plane wie auf einem Sprungtuch.«

»Okay«, antworte ich. »Und dann? Außen festhalten oder rein in den Laderaum?«

»Du kannst rein«, bestätigt Naomi mir. »Charles müsste einen Spalt der Plane für dich offengelassen haben. Der Laderaum ist leer, weil der Lkw die nächste Fuhre ja erst abholt. Sobald er geparkt hat, müsst ihr also schnell raus, sonst werdet ihr beim Beladen entdeckt.«

»Schon klar«, bestätige ich.

Jetzt befinden wir uns schon direkt über dem Lkw.

Naomi senkt die Drohne ab, bis sie nur noch einen Meter über der Plane schwebt.

»Also, raus mit dir!«, fordert sie mich auf.

Sie gibt mir einen leichten, freundschaftlichen Klaps auf den Rücken, der mich aber in einem so ungünstigen Moment trifft, dass sie mich beinahe versehentlich aus der Drohne gestoßen hätte.

Gerade kann ich mich noch festhalten, um aber gleich danach gewollt und gezielt abzuspringen. Ein Kinderspiel, auf dem Lkw zu landen – wenn er nicht ausgerechnet in dieser Sekunde, warum auch immer, eine Vollbremsung machen würde.

Exakt in dem Moment, in dem ich mit den Füßen auf der Plane lande, stoppt der Lastwagen und wirft mich nach vorn.

Ich stürze, rolle übers Dach nach vorn, versuche instinktiv, mich irgendwo festzuhalten – doch da ist nichts.

Ich rutsche weiter, drohe, vorn über den Rand zu fallen und genau vor die Windschutzscheibe auf den Kühler zu knallen.

Doch da erwische ich noch einen Riemen zum Festzurren der Plane, kralle mich an ihm fest, nutze den Schwung, den ich immer noch habe, um eine Rückwärtsrolle aufs Dach zu machen – bloß weg von der Windschutzscheibe –, und komme bäuchlings auf dem Dach zum Liegen.

Ich atme tief durch.

Das ist gerade noch mal gutgegangen.

Ich richte mich wieder auf. Doch in dem Moment gibt der Fahrer wieder Gas und fährt los. Ich kippe nach hinten und falle erneut, diesmal auf den Rücken, rutsche jetzt über die Dachplane nach hinten.

Meine Beine baumeln über dem hinteren Rand schon wild in der Luft.

»Verflucht!«, schimpfe ich. »Was ist denn ...?«

Da packen mich zwei Hände am linken Bein.

Ich unterdrücke einen Aufschrei, will den Angreifer gerade wegtreten, da erkenne ich Charles' verschrecktes Gesicht.

»Was tust du?«, fragt er vorwurfsvoll. »Solch ein Gepolter!«

»Du hast vielleicht nicht bemerkt, dass der Laster voll in die Eisen gegangen ist«, verteidige ich mich.

»Eisen?«, fragt Charles verständnislos. »Welches Eisen?«

»Bremsen!«, übersetze ich genervt, während ich zu ihm hinunterrutsche und in den Laderaum springe. »Er hat eine Vollbremsung gemacht.«

»Warum?«, fragt Charles.

»Wenn ich das wüsste«, antworte ich ihm. »Vielleicht ist ein Kaninchen über die Straße gehoppelt oder ein Hund.«

»Ein Hund gehoppelt?«, wundert sich Charles.

Ich winke ab. »Vergiss es. Ist ja noch mal gut gegangen.«

Ich blicke auf Charles' Rucksack. »Hast du alles dabei? Alles in Ordnung?«

Charles schaut mich mit Unverständnis im Blick an. »Yes. Of course. Warum sollte es nicht sein?«

Mir wird die Unterhaltung mit Charles zu anstrengend.

»Schön«, sage ich einfach nur und nicke.

Etwa zehn Minuten später … nein, ich kann es genau sagen, weil ich es auf der Uhr verfolgt habe … also neun Minuten und 37 Sekunden später kommt der Lkw zum Stehen.

Ich sehe durch den noch immer offenen Spalt in der Plane hinaus und erkenne: »Wir sind da!«

Aber erst sind wir lediglich auf dem Gelände des Schrottplatzes angelangt. Ich bin sehr gespannt, wo sich denn nun das unterirdische Depot befinden soll, das wir hier vermuten.

Doch erst einmal passiert nichts weiter.

Der Fahrer steigt aus und geht auf das Haus zu, in dem der Betreiber des Platzes mit seinen beiden Wachhunden wohnt. Ich wundere mich, weshalb die Hunde nicht anschlagen. Aber mir soll's recht sein.

Ich wende mich an Charles: »Jetzt!«, flüstere ich. »Wir müssen raus hier.«

»Okay«, sagt er und gibt mit seinem Daumen das Signal, dass auch er bereit ist.

Wir springen von der Ladefläche, schließen die Plane ordnungsgemäß, damit niemand merkt, dass jemand drangewesen ist. Dazu muss Charles mir auf die Schultern steigen, um an die Verschlussriemen heranzureichen. Drei Schlaufen muss er zuschnüren. Anschließend kriechen wir unter den Lkw, ziehen unsere Geckis über Hände und Füße und heften uns an den Unterboden des Lastwagens.

Schon sehe ich – über Kopf – zwei Beine auf uns zukommen: Der Fahrer kehrt zurück.

Er steigt ein, startet den Motor. Der ganze Lastwagen vibriert, besonders hier unten.

Neben mir ist das Auspuffrohr, das schnell verdammt heiß wird.

Ich habe nicht drauf geachtet, genügend Abstand zu lassen.

Wie war das noch mit den Geckis? Ab einer gewissen Temperatur verlieren die doch ihre Klebekraaaaf…

Scheiße! Die Gecki-Schuhe haften nicht mehr. Meine Beine lösen sich vom Unterboden. Ich ziehe schnell die Knie an, wozu ich meine gesamte Bauchmuskelkraft aufwenden muss. Lange werden die Gecki-Handschuhe auch nicht mehr halten.

Dann falle ich hinunter auf die Straße beziehungsweise den Schotterboden des Schrottplatzes, und wenn ich Pech habe, rollen die Hinterräder des Lkw über mich und walzen mich platt wie eine Katze auf der Landstraße.

Ich löse meine linke Hand vom Unterboden und fasse schnell rüber zum Auspuffrohr.

Meine rechte Hand zieht nach.

Jetzt klammere ich mich ans Auspuffrohr wie ein Äffchen an einen Ast.

Nur: Das Auspuffrohr ist verdammt heiß. Wenn ich länger in dieser Haltung bleibe, verbrenne ich mir die Finger.

Die Antriebswelle dreht sich, an der kann ich mich auch nicht festhalten.

Doch da: Neben meinen Füßen, also ungefähr in der Mitte des Fahrzeugs, dort, wo Charles seinen Kopf hat, hängt ein Reserverad am Unterboden. Davor sind zwei Unterlegkeile in ihre Halterungen eingeschoben, die man hinter die Reifen aufstellen kann, damit ein stehendes Fahrzeug nicht fortrollt.

Aber wie komme ich dorthin?

Ich umklammere mit Händen und Füßen das Auspuffrohr und rutsche nach hinten, als wollte ich an einem Ast hängend einen Fluss überqueren.

Aber ich umklammere ja immer noch eine heiße Stange.

Mein ganzer Körper scheint zu brennen.

Jetzt habe ich die Keile erreicht, greife nach ihnen, hangle mich rüber und klammere mich mit den Händen an ihrer Halterung und mit den Füßen am Reserverad fest.

Kaum habe ich das geschafft, kommt der Lkw zum Stehen.

Wir sind da.

»Die Mühe hättest du dir sparen können«, flüstert Charles mir grinsend zu.

»Danke für den Hinweis, sehr hilfreich«, gebe ich schnippisch zurück.

Mit einem lauten Knarren wird die Handbremse angezogen.

Der Fahrer steigt aus.

Und wir hören ein schnarrendes, quietschendes Geräusch, als ob ein großes Tor sich öffnet.

Tut es auch.

Aber es ist kein Tor, wie man es kennt, senkrecht in einer Hauswand, sondern eine waagerecht im Schotterboden eingebaute Metallplatte, die sich öffnet, indem sie sich auf Schienen zur Seite schiebt. Darüber steht ein Kran, den wir auch bei unserem Tagesbesuch bemerkt hatten. Ein Kran ist aber auf einem Schrottplatz nichts Ungewöhnliches.

Wer hätte ahnen können, dass er den Eingang zu einer unterirdischen Lagerhalle tarnt? Damit ist Charles und mir auch sofort klar, wie der Elektronikschrott dort hinein- und wieder heraustransportiert wird. Mit diesem Kran.

Während sich die Platte im Boden öffnet, ist der Fahrer auf die Ladefläche geklettert, um die Plane abzunehmen, damit der Kran den Lkw von oben beladen kann.

Charles und ich schauen uns – noch immer unter dem Lkw liegend – an. Wie, bitte schön, sollen wir jetzt unbemerkt hinunter in das Depot kommen, ohne dass der Lkw-Fahrer oder – noch wahrscheinlicher – der Kranführer uns entdeckt?

Gar nicht, lautet meine Antwort. Das ist unmöglich.

Aus Charles Gesicht kann ich ablesen: Er denkt das Gleiche.

Doch dann kommt mir eine Idee.

Wir klammern uns jetzt nicht mehr am Unterboden fest, sondern liegen unter dem Lkw auf dem Schotter. Ich kann also leicht zu Charles hinüberrutschen und flüstere ihm meinen Plan ins Ohr: »Wir sprengen nicht das Depot, sondern den Lkw!«

Charles' erste Reaktion ist ein enttäuschter Blick.

Dann überlegt er und antwortet: »Sehr gefährlich. Die Sprengkraft ist zu groß.«

Wir haben zwei Bomben. Und wenn er nur eine nimmt?

Charles hat offenbar den gleichen Gedanken: »Eine für den Lkw, eine für den Kran«, schlägt er vor.

Ich nicke. Einverstanden.

Aber da sind noch zwei Probleme: der Fahrer und der Kranführer.

Wir wollen das Depot zerstören, Shionas Vater aufschrecken, einen Streit zwischen den Mafiakonkurrenten entfachen und sie auf diese Weise zu überhasteten Fehlern zwingen. Was wir nicht wollen ist: Menschen töten!

Wir müssen also zuerst die beiden Männer von hier fortlocken, ohne aufzufliegen.

»Das kann Naomi machen«, schlage ich vor.

»Und wie?«, fragt Charles.

Das weiß ich nicht, aber das muss ich auch nicht.

»Naomi wird schon etwas einfallen.« Da bin ich mir sicher.

Über Sprechfunk teile ich Naomi ihre Aufgabe mit.

»Okay«, antwortet sie in meinem Knopf im Ohr. Und fügt noch an: »Aber da ist noch etwas: Ein Auto kommt möglicherweise auf euch zu.«

»Was? Wie kommst du darauf? Und was heißt möglicherweise?«

»Na ja«, erläutert Naomi. »Noch fährt er einfach auf der Hauptstraße. Aber der Wagen ist ziemlich sicher einer der SUVs, die wir mal bei Shiona auf dem Hof gesehen haben. Seid vorsichtig!«

»Verstanden!«, sage ich. »Dann warte noch ein wenig ab. Wenn der Wagen tatsächlich hierherkommt, werden die beiden Männer vielleicht zu ihm gehen. Dann erledigt sich unser Problem von selbst und wir können loslegen.«

»Geht in Ordnung. Ich hab euch sowieso im Blick.

Und ich bin bereit. Wenn ich mein Ablenkungsmanöver starten soll, gebt Bescheid.«

Im Moment können wir also nichts anderes tun, als hier abzuwarten.

Charles schaut auf die Uhr. Das Warten ist ihm nicht recht, das sehe ich ihm an. Mir auch nicht. Je länger wir hier untätig unter dem Lkw liegen, desto größer das Risiko, entdeckt zu werden oder dass irgendetwas Unvorhergesehenes geschieht, das uns unseren Plan versaut.

Schon werden wir kurz von zwei Scheinwerfern geblendet. Der angekündigte SUV fährt tatsächlich aufs Gelände und parkt einige Meter hinter unserem Lkw.

Charles und ich kauern uns so klein wie möglich zusammen, um hier unter dem Lastwagen nicht entdeckt zu werden.

Gleichzeitig aber drehen wir uns so, dass wir erkennen können, wer aus dem SUV aussteigt.

Aus der Fahrertür kommt der Gorilla-Leibwächter, der rund um die Uhr auf die Villa von Shionas Vater aufpasst.

Und aus der hinteren Tür steigt ... Shionas Vater aus!

Wow!

Damit haben wir nicht gerechnet.

Charles und ich schauen uns verwundert an.

Wir beide wissen auf die Schnelle nicht, was wir mit dieser ungeahnten Wendung anfangen sollen.

Unsere ganze Aktion sollte dazu dienen, Shionas Vater überhaupt aus seinem Versteck zu locken. Und jetzt taucht er hier plötzlich so unvermittelt auf.

Damit ist unser Plan eigentlich hinfällig.

Nur, was sollen wir jetzt machen? Verhaften können wir ihn nicht. Wir Kinderagenten haben dazu keine Befugnis. Aber in erster Linie natürlich deshalb nicht, weil wir uns damit selbst enttarnen würden.

Überwältigen eigentlich auch nicht. Das könnten wir zwar schaffen, aber es geht aus dem gleichen Grund nicht: Er würde uns erkennen. Und damit würden wir als YOUNG AGENTS auffliegen.

Wir könnten über den Prof das SEK rufen. Aber ehe das hier ist, ist Shionas Vater bestimmt schon wieder weg, und uns droht die gleiche Pleite wie in Paris.

Was also können wir tun?

Charles hat auch keine Idee.

Ich würde gern Naomi informieren, aber wenn ich jetzt zu ihr spreche, könnte ich gehört werden.

Shionas Vater ist auf die beiden Männer zugegangen, aber nur, um sie kurz zu begrüßen. Nun geht er weiter ins Haus. Offenbar hat er etwas mit dem Betreiber des Schrottplatzes zu besprechen. Und: Er hat seinen Dobermann dabei! Das ist einerseits sehr gefährlich, weil der Hund uns wittern könnte. Andererseits: Im Halsband des Dobermanns steckt meine Abhörwanze. Wir können also hören, was er mit dem Schrottplatzbetreiber bespricht. Dazu allerdings muss Naomi uns eine technische Verbindung zur Abhörwanze herstellen. Das geht von unserer Position aus mit unseren Handys nicht so ohne Weiteres. Ich schreibe ihr eine entsprechende WhatsApp-Nachricht. Und kontrolliere noch mal, ob mein Smartphone auch wirklich auf lautlos gestellt ist, damit es bei Naomis Antwort nicht piept.

Es dauert keine zwei Minuten, und Naomi hat aus ihrer fliegenden Drohne heraus mit ihrem Smartphone-Computer die Verbindung zur Abhörwanze hergestellt.

Wir hören über Kopfhörer, was Shionas Vater mit dem Betreiber bespricht: Sie reden über meinen Angriff auf den Betreiber des Schrottplatzes und seine Hunde. Nachdem ich alle drei betäubt hatte, um zu entkommen, hatte der Betreiber sofort Shionas Vater über den Überfall informiert.

Und weil mein Eindringen und der Angriff eben so heimlich und lautlos vonstattengegangen ist und weder dem Betreiber noch den Hunden ernsthaft Schaden zugefügt und auch nichts aus dem Hause entwendet oder zerstört worden ist, ist Shionas Vater sich sicher, dass hier keine konkurrierende Mafiabande am Werk gewesen ist, sondern dass es eine geheime Aktion der Polizei gewesen sein muss – oder sogar »des Geheimdienstes«, wie er sagt.

Verdammt!

Shionas Vater ist zwar aufgeschreckt, wie von uns geplant, aber er ist uns gleichzeitig verdächtig dicht auf der Spur. Was wir natürlich überhaupt nicht gewollt haben.

Ich schreibe wieder Naomi:

Was sollen wir jetzt tun?

Die Antwort dauert einen Moment, wahrscheinlich musste auch Naomi nachdenken.

Dann sagt sie über den Knopf im Ohr, was außer Charles und ich niemand hören kann: »Angriff wie geplant!«

Ich schreibe zurück:

Was? Wieso?

Naomis Plan:

»Ich rufe das SEK. Wir müssen aber dafür sorgen, dass Shionas Vater das Gelände nicht verlässt. Das Beste dafür ist eine Schießerei oder ein Anschlag. Irgendwas, das richtig Chaos anrichtet. Ich hoffe, Shionas Vater wird sich im Haus verschanzen und sich wehren, statt abzuhauen. Das reicht dann, bis das SEK vor Ort ist. Und das hätte dann auch allen Grund, einzugreifen und alle Anwesenden festzunehmen.«

Charles und ich sehen uns an.

Charles legt seine Stirn in Falten. Er grübelt ein paar Sekunden, dann hat er sich entschieden, nickt mir zu und teilt mir seinen Plan per Gebärdensprache mit, damit er nicht sprechen muss: »Depot sprengen. Kran sprengen. Drohnenangriff aufs Haus.«

In Gedanken gehe ich den Plan noch mal durch. Dann zeige ich Charles mit einem Daumen hoch an, dass ich einverstanden bin. Außerdem teile ich Naomi per WhatsApp unseren Plan mit.

Auch von ihr kommt ein »Okay«.

Charles greift in seine Tasche und gibt mir eines der Sprengstoffpäckchen.

Wir geben uns Handzeichen, dass wir bereit sind.

Charles kriecht rückwärts unter dem Lkw hervor und robbt hinüber zum Kran.

Die Gelegenheit dazu ist günstig. Der Kran hat seine Baggerschaufel gerade unten im Depot. Der Kranführer konzentriert sich auf die Grube.

Der Lkw-Fahrer steht etwas abseits, um eine Zigarette zu rauchen.

Shionas Vater ist noch im Haus bei seinem Gespräch mit dem Schrottplatzbetreiber.

Jetzt muss ich handeln.

Ich robbe vor, bis vorn unter die Stoßstange des Lkw. So weit, dass mich der Kranführer nicht sehen kann. Ich bin nah genug dran, um das Päckchen hinunter in die Depotgrube zu werfen.

Ich aktiviere den Zünder der Bombe.

Jetzt bleiben mir noch zwanzig Sekunden.

Ich robbe zurück bis zur Hälfte des Lkw, dann rolle ich mich zur Seite weg, stehe auf und renne los bis zum nächstgelegenen Schrotthaufen.

Da sehe ich auch schon Charles, der mir nachkommt.

Wir beide hocken uns in Deckung.

WUMM!!!

Meine Sprengladung geht als Erstes in die Luft. Eine Feuerfontäne bricht aus der Depotgrube hervor, die Druckwelle der Detonation rüttelt den Lkw und den Kran ordentlich durch.

Panisch vor Schreck springt der Kranführer in seinem Führerhäuschen auf, verlässt es und rennt zur anderen Seite in Deckung. Auch der Lkw-Fahrer hechtet hinter einen nahegelegenen Schrotthaufen.

Genau das hat Charles vorhergesehen und vorausberechnet.

Seine Sprengladung geht zwanzig Sekunden nach meiner los.

Gerade in dem Moment, in dem Kranführer und Lkw-Fahrer sich in Sicherheit gebracht haben und Shionas Vater aus der Tür des Hauses gestürmt kommt, um nachzusehen, was das für ein Knall war.

Genau in dem Augenblick, in dem er vor der Tür auftaucht, wird der Kran in die Luft gesprengt, hebt sich zwei, drei Meter vom Boden ab, fällt krachend nieder und reißt dabei noch den Lkw mit, der zur Seite umkippt.

Shionas Vater hält sich die Hände über den Kopf, geht kurz in die Knie, dreht sich dann um, hechtet zurück in Haus und schlägt mit einem Fuß hinter sich die Tür zu. Einerseits sicherlich, um sich vor der Explosion zu schützen. Andererseits wahrscheinlich – und hoffentlich – auch, weil er nun wohl doch glaubt, es mit einem Angriff der Konkurrenz zu tun zu haben.

Naomi tut alles, um diesen Eindruck noch zu verstärken.

Aus der Drohne schießt plötzlich ein Feuerstrahl, der fast aussieht wie der einer Laserkanone, und setzt einen der Schrotthaufen unmittelbar vor dem Haus in Brand.

Andere gefährliche Waffen haben wir nicht zur Verfügung.

Selbst die Drohne ist nur für Übungs- und Testzwecke mit diesem laserähnlichen Feuer ausgestattet. Eigentlich ist sie unbewaffnet.

Das Einzige, was wir noch haben, sind unsere Druckluftwaffen.

Charles hat seine mit Gummigeschossen bestückt, ich meine immer noch mit den Betäubungspfeilen. Sollte Shionas Vater sich blicken lassen, werde ich ihm eine Schlafdosis verpassen.

Charles schießt auch schon zur Warnung mit einem Gummigeschoss gegen die Tür, damit es ordentlich knallt und Shionas Vater sich nicht aus dem Haus heraustraut.

Doch er traut sich.

Allerdings nicht durch die Tür.

Plötzlich wird ein Fenster im ersten Stock aufgerissen.

Ich sehe erst den Glatzkopf des Schrottplatzbesitzers, dann die Mündung einer Maschinenpistole.

Und schon wird eine erste Salve in unsere Richtung abgeschossen.

Ziemlich wahllos ballert es über das Gelände, denn der Schrottplatzbetreiber weiß nicht, wo die Angreifer sich versteckt halten.

Jetzt erst öffnet sich die Haustür, und die beiden Wachhunde stürzen laut kläffend heraus.

Kein Zweifel, die sollen uns ausfindig machen und uns aus unserem Versteck aufscheuchen.

Doch wir haben Glück. Die Hunde machen keinen Unterschied zwischen uns und Lkw-Fahrer und Kranführer. Auch die beiden sind Fremde für sie. Und die entdecken sie zuerst.

Als Erstes den Lkw-Fahrer, der schreiend um Hilfe ruft.

»Ruft sie zurück! Ich bin's! Der Fahrer. Ich gehöre zu euch!«

Der Betreiber lässt seine Hundepfeife ertönen. Die Hunde lassen vom Fahrer ab.

»Was ist da draußen los?«, brüllt der Betreiber über den Platz.

Die Antwort hört er nicht.

Denn Naomi gibt einen zweiten Schuss ab, wie ein

Ufo in der Weltraumschlacht. Diesmal hat sie auf den Schornstein des Hauses gezielt, der im Feuerstrahl zerbirst und wie eine Steinlawine vom Dach bröckelt.

Der Betreiber wirft sich zum Schutz zurück in Haus.

Jetzt ein dritter Schuss von Naomi.

Diesmal auf den SUV von Shionas Vater, der sofort lichterloh in Flammen aufgeht.

Der Schrottplatz gleicht einem Kriegsschauplatz: ein brennender SUV, ein explodierter und immer noch brennender Kran, ein umgekippter Lkw, auf den gerade die Flammen des Krans übergehen, ein in Flammen stehender Schrotthaufen und ein Dachstuhl, der jetzt zu brennen beginnt.

Aus dem Hintergrund kündigt nervös zuckendes Blaulicht die Ankunft des SEKs an.

»Wir müssen hier weg!«, rufe ich Charles zu.

Wir rennen los, kriechen durch die Koniferen, schneiden mit einem Bolzenschneider aus Charles' Rucksack in aller Eile ein Loch in den Maschendrahtzaun, schlüpfen durch das Loch und geben Naomi Bescheid, dass sie uns hundert Meter weiter einsammeln soll.

Naomi landet die Drohne direkt vor unseren Füßen und springt heraus.

»Was tust du da?«, frage ich sie.

»Seht euch an! Ihr seid total verdreckt und voller Kratzspuren. Haut ihr ab mit der Drohne!«, sagt sie.

»Und du?«

»Ich trage keinerlei Kampfspuren an mir«, erklärt Naomi. »Und keinen Tarn- und Kampfanzug wie ihr. Ich bin ein kleines, nettes, schwarzes Mädchen.« Naomi zeigt in den Himmel. »Die Sonne geht auf, es wird Tag. Wenn man mich entdeckt, sage ich, ich bin auf dem Weg zur Pferdekoppel zu meinem Lieblingspony.«

Charles und ich müssen lachen.

Doch Charles wird schnell wieder ernst und fragt besorgt: »Und wenn … ich meine … irgendein böser Irrer deine Weg kreuzt?«

Naomi grinst bei ihrer Antwort. »Dann wird er ein böses Mädchen kennenlernen.«

Charles und ich wissen, dass Naomi sich zu wehren weiß wie kaum einer sonst von uns.

»Überzeugt«, sagt Charles.

Wir steigen in die Drohne ein. Charles startet sie, und wir fliegen eilig davon.

Als wir ungefähr auf zehn Metern Höhe sind, sehe ich, wie Naomi durch ein Gebüsch verschwindet, auf der anderen Seite der Böschung wieder herauskommt und über ein Feld spaziert. Auf der anderen Seite wittern ein paar Rehe in der feuchtnebligen Morgendämmerung.

Ich sehe, wie Naomi stehen bleibt, in aller Ruhe ihr Smartphone hervorholt und ein paar Fotos schießt, bevor sie in die andere Richtung übers Feld weitergeht und hinter der nächsten Böschung verschwindet.

Anderthalb Stunden später bin ich zurück zu Hause.

Mein Vater ist gerade aus dem Haus, auf dem Weg zu seinem neuen Job. Meine Mutter sitzt noch am Küchentisch, um ihren Kaffee auszutrinken, bevor sie duschen geht. Bis zu ihrem Termin beim Arbeitsamt auf der Suche nach einem neuen Job hat sie noch zwei Stunden Zeit.

Ich schmatze meiner Mutter ein Küsschen auf die Wange und sage: »Viel Glück heute!«

»Danke«, lächelt meine Mutter. »Schön, dass du wieder heil zu Hause bist.«

»Klar doch«, sage ich beruhigend. Doch ich weiß, dass sie sich ständig Sorgen macht.

»Wenn ich auch einen Job finde wie dein Vater, dann brauchst du das nicht mehr zu machen«, sagt sie.

Ich lächle sie an. »Aber du weißt doch, dass ich es mache, weil ich es will. Das Geld ist mir egal.«

Meine Mutter seufzt. »Ja, ich weiß.«

Ich gehe Zähneputzen.

Dabei piept mein Handy.

Eine kurze Nachricht von Naomi, die mir schreibt, dass auch sie gut »zu Hause« angekommen ist. Und dass das SEK diesmal erfolgreich war. Shionas Vater wurde festgenommen.

Endlich ein Erfolg! denke ich.

Auch, wenn ich weiß, dass der Fall damit noch nicht abgeschlossen ist. Der Geheimdienst wird ihn vernehmen und dadurch hoffentlich die anderen Standorte der illegalen Depots in Hamburg und Berlin erfahren, um sie zu schließen und das Grund- und Trinkwasser zu schützen. Und vielleicht auch herausbekommen, ob und wer an einzelnen Recyclinghöfen bestochen wurde oder richtig gemeinsame Sache mit der Müllmafia macht. Anders ist kaum denkbar, dass von dort so viele Altgeräte auf die illegalen Wege gelangen. Wer weiß, vielleicht kann sogar mein Vater in seinem neuen Job hier bald als Zeuge etwas nützen.

Aber das sind alles die kleinen Fische, um die sich mithilfe der Tipps des Geheimdiensts die Polizei und die Umweltbehörde kümmern kann.

Wir haben einen der wichtigsten Gangsterbosse geschnappt: Shionas Vater.

Gut, den obersten aller Gangsterchefs, den Boss, haben wir immer noch nicht erwischt.

Ich gehe in mein Zimmer, falle ins Bett und schlafe sofort ein.

Die Jagd nach dem Boss hat wirklich Zeit bis morgen.

Ende

Der Autor

Andreas Schlüter wurde 1958 in Hamburg geboren, machte dort auch Abitur und eine Kaufmannslehre. Er leitete mehrere Jahre Kindergruppen in sozialen Brennpunkten und gründete 1989 ein Journalistenbüro, über das er Reportagen für Zeitungen schrieb und später als Nachrichtenredakteur fürs Fernsehen arbeitete.
Mit »Level 4 – Die Stadt der Kinder« gelang Schlüter 1994 der Durchbruch als Schriftsteller. Er hat mittlerweile über hundert Kinder- und Jugendbücher geschrieben und arbeitet seit 2003 immer wieder auch als Drehbuchautor.